사랑하라,
사랑하라

사랑하라,
사랑하라

1판 1쇄 인쇄 2013년 6월 15일
1판 1쇄 발행 2013년 6월 15일

글 조현경
콘텐츠 코디네이터 윤은주 한수경

펴낸곳 도서출판 가쎄 [제 302-2005-00062호]

주소 서울 용산구 이촌동 302-61
전화 070. 7553. 1783
팩스 02. 749. 6911
인쇄 정민문화사

ISBN 978-89-93489-35-4

값 13800원

조현경 에세이

사랑하라,
사랑하라

사랑하라,
사랑하라

　가쎄 대표님이 책을 내주겠다고 하셔서 지난 몇 년간 쓴 잡문들을 모아놓고 다시 읽어보니 얼굴이 확확 달아올랐다. 제일 많이 나오는 말이 두 가지 있었는데, 하나는 '술 마셨다', 또 하나는 '울었다' 였다. 그러니까 나의 청춘은 책 읽고 영화 보고 드라마 보고 술 마시다 울면서 지나간 세월이었다. 술 마신 이야기와 울었단 이야기를 좀 빼보려고 했으나 그러자니 너무 많은 글이 삭제당할 운명이었다. 에라 모르겠다. 이것이 나의 삶인 것을 어쩌랴 싶어서 그냥 둔다. 술 마시고 울었다는 얘기밖에 없어 창피하다고 했더니 누가 제목을 바꾸란다. '사랑하라 사랑하라' 말고 '마셔라, 울어라' 로. 흐음, 괜찮은데?

　잃어버린 사랑과 아픈 엄마에 관한 이야기도 더러 보인다. 지나간 연애사야 뭐 지금은 그들의 이름도 잘 기억이 안 날 판이고 다만 아픈 엄마는 현재진행형이라 오늘도 내 심장을 욱신거리게 만드는 유일한 존재다. 이 세상에서 내가 제일 사랑하는 사람. 제일 잘 보이고 싶은... 우리 엄마. 이 책을 엄마에게 드리고 싶다. 그다지 바람직하게 살아온 것은 아니나 이 책을 보면 엄마와 떨어져 살아온 지난 20년간 내가 뭐하고 있었는지를 아실 수 있을 게 아닌가. 책을 갖다 드리면 등짝을 얻어맞을지도 모르지만, 좌충우돌 속에 오롯이 남아 있는 딸의 사랑을 느끼게 해드리고 싶다.

인생의 제2라운드가 시작되었다.

1라운드의 삶이 두서없이 서술되어 있지만 이제 막 방송작가의 길을 걷기 시작하는, 사회생활의 스타트 라인에 선 후배들에게 그 길이 얼마나 고되고 힘들고 그러면서 아름다운지를 조금이나마 짐작할 수 있게 하는 팁 정도는 되지 않을까 생각하면서 출판을 결심했다. 사실 어떻게 해야 작가가 될 수 있나요? 저한테 재능이 있나요? 제가 작가로 성공할 것 같은가요? 따위의 하나마나 한 질문에 대답하는 것이 지겨워서 이 책을 썼는지도. 담부터 누가 또 그런 거 물어보면 그냥 이 책을 주면 될 게 아닌가. 하하.

8. 꿈꾸는 드라마

9. 그리고 길 앞에 선 당신에게

사랑하라, 사랑하라 시작합니다

스님과 함께 방송을

20대. BBS에서 스님을 디제이로 모시고 새벽 프로그램을 진행한 적이 있다. 주로 가요 위주의 음악과 함께 그 시간까지 공부하는 청소년들을 위한 컨셉으로 진행을 했는데 청소년 상담 전화가 많이 왔다.

그날도 웬 여학생이 전화를 걸어, 천식이던가... 아무튼 몸이 아파서 휴학을 하고 요양 중인데 남자친구의 어머니가 교제를 반대해서 힘들다고 하소연을 해왔다. 남친의 어머니는 그 여학생이 날라리 문제아라서 학교를 안 다니는 줄 알고 아들을 못 만나게 한다는 것이다. 그래도 꿈과 희망을 잃지 말라는 스님의 위로가 이어지고 신청곡을 틀어주는데 노래가 나가는 사이 이번에는 그 여학생의 남자친구한테서 전화가 왔다. 집에서 우연히 방송을 듣다가 여자 친구의 사연을 듣게 되었다고. 짜고 친 고스톱도 아닌데 이게 웬 호재냐 싶어 냉큼 연결했다. 여자 친구가 그런 고민을 하고 있는 줄 몰랐던 남학생은 미안하다고, 그녀를 정말 좋아한다고 애정표현을 했다. 두 사람이 울기도 하고 그랬던 것 같은데 피디와 나는 뭔가 드라마틱한 방송이 되었다며 흐뭇해했다.

그런데 일주일 후, 이번에는 남학생의 어머니가 전화를 하셨다. 우리더러 책임지라고. 일주일 전 방송을 통해 서로의 사랑을 확인한 어린 연인들이 어머니의 반대에 반항, 가출을 했다는 게 아닌가! 난감했지만 우리로선 방법이 없었다. 방송의 책임에 대해 다시 한 번 절감한 해프닝이었다. 스님께서 가출을 조장하진 않으셨지만 방송에서 말 한마디, 음악 한 곡 신중하고 조심해야겠구나 새삼 깨닫기도.

인디음악을 하는 남자가수와 진행을 할 때는 방송 첫날, 라디오를 들은 그의 옛 애인이 방송국으로 찾아오기도 했다. 잊지 못하던 목소리가 라디오에서 나오니 지금 가면 만날 수 있겠다는 생각에 바로 달려온 것이다. 예상치 못한 재회에 당황하던 그 가수, 그러나 두 사람은 손을 꼭 붙잡고 도시의 어둠 속으로 함께 사라졌다. 발갛게 뺨이 상기된 그 아가씨는 몹시 예뻤다. 옛사랑이었기에 망정이지 빚쟁이가 찾아왔더라면 대략 난감이었겠지.

새벽 두 시에 방송이 끝나면 기독교 방송에서 방송을 끝낸 목사님과 평화방송에서 방송을 끝낸 신부님이 모여서 홍대 주변에서 야식을 먹었다. 사람들이 이 기묘한 조합을 어찌나 쳐다보던지. 우리 스님은 청년들 데리고 나이트클럽에도 가신다. 대체 술도 못 드시는 분이 거기 가서 뭐하시냐고 물었더니 "가방 지켜야지!" 그렇다. 우리 스님은 스테이지에 춤추러 나간 애들의 가방을 지켜주며 존재의 의미를 찾고 계셨던 것이다. 헤어질 때면 편의점에서 포장 두부를 사주시며 "이게 유방암에 좋대..." 천진한 말투로 작가를 당황하게 하시던 스님. 동진 출가하여 순진무구하기 짝이 없고 속세의 방송일을 하시면서도 술과 음식에서 금기를 철저히 지키셨던

맑은 분이다. 때문에 무슨 말이건 편하고 자유롭게 하실 수 있었던 것.

당시만 해도 종교방송에서 타 종교를 언급하는 것이 금기였던 시절, 우리 스님은 금기를 깨셨다. 불교계에서 아무 날도 아니라는 듯 시치미 뚝 떼고 넘어가는 12월 25일 크리스마스. 스님은 온 국민의 축제나 다름없이 자리를 잡은 날인데 모른 척하는 것도 이상하다며 불교방송 최초로 크리스마스 특집을 내보내셨다. 불교방송에서 캐럴 송이 울려 퍼진 것이다. 이 날의 방송은 나중에 방송대상에서 우수작품상을 받았다. 종교의 벽을 허문 화합의 방송이 되었던 것이다. 이 도전이 있었던 뒤로 기독교 방송에서도 석가탄신일을 축하하게 되었고 자연스럽게 서로의 기념일을 챙기는 분위기가 되었다. 의미 있는 시도였다고 생각한다.

라디오 작가는 당대의 스타들과 방송을 함께하고 날마다 연예인들을 보게 되는 직업이기 때문에 자칫 잘못하면 현실감을 잃고 들뜨기 쉽다. 20년 동안 방송일을 하면서도 비교적 차분했던 건 젊었을 때 스님과 오랫동안 방송을 하면서 중심을 잡아나갈 수 있었던 덕이 아닐까? 어찌어찌 흘러오다 보니 이제 방송을 하지 않으시는 스님과 연락이 끊겼다. 지금도 나이트클럽에서 청년들 가방을 지켜주고 계시는지.

화요일에 비가 내리면 – 그때 그녀들

많은 가수들이 리메이크한 '화요일에 비가 내리면'. 이 노래를 기차게 부르던 여자가 있었다. 불교방송 라디오 작가 시절, 좁은 작가실에는 여러 노처녀 언니들이 있었다. 스물네 살 막내였던 난 서른을 훌쩍 넘긴 노처녀 언니들을 보면서 나는 저렇게 되지 말아야지 다짐했건만. 지금의 조 작가, 그 시절의 그녀들보다 나이 더 많다.

일찍 프로그램을 끝낸 언니부터 지금은 사라지고 없는 방송국 옆 호프 집 2층 창가에서 홀로 술을 마시다가 지나가는 후배들을 불러 술판을 벌이기 시작하면 하나둘씩 자기 방송을 마친 후배 작가들이 합류했다. 다 같이 호프집과 포장마차를 전전하다가 노래방도 가고 막판에는 누군가의 집에 몰려가 아침까지 마시다가 남들 출근하는 시간에 붉어진 얼굴과 술 냄새를 미안해하며 비틀비틀 집으로 돌아가던 시절. 그 중 한 멤버였던 어떤 언니가 이 노래를 기차게 불렀었다. 얼굴도 이뻐서 차라리 가수가 됐더라면 좋았을 걸 농 삼아 안타까워하기도 했던 매력 만점의 그 언니.

언니들은 다들 똑똑하고 재주가 넘치고 인생에 성숙했으나 지독하게도 외로웠다. 어린 후배들은 언니들의 외로움 짐작도 못한 채 그저 품어주는 가슴에 기대어 한 시절을 견뎠다. 세월이 흘러 나도 이제 선배보다 후배가 많은 나이가 되어 작가들이 모였다고 가보면 순 후배들뿐인데 옛 시절 그 언니들의 넘치는 정과 넉넉함을 돌아보면 나는 참으로 부족한 선배에 지나지 않는다. 그녀들은 단 한 번도 동생들의 부름을 외면하지 않았으며 동생들의 어려움에 눈물 흘리며 손을 보탰고 지금도 여전히 한상이라도 거둬 먹이지 못해 안달이다. 어느 가족보다도 어떤 애인보다도 그녀들이 든든한 위안이었다.

대부분 뒤늦게 시집을 가서 누군가는 요리사의 아내로, 교수의 아내로, 샐러리맨의 아내로 전국 각지에, 심지어 하와이까지 가서 살고 있다 하는데 유독 그 노래를 부르던 언니만은 소식이 끊겨 어떻게 사는지 알 수가 없다.

그때 그녀들은 다 어디로 갔는가... 모두가 너무 외로워서 서로의 외로움으로 다사롭게 지켜지던 그 시절, 그녀들이 불러주던 노래는 어디서 다시 들을 수 있을까. 언니들에게 받기만 했던 나는 그녀들의 그 외로움 이제야 이해하며 뒤늦게 뭔가를 주고 싶은데, 지나간 시절은 그저 흘러가버린 채 다시 돌아오지 않는다.

그녀들, 부디 행복하기를...

강한 자는 살아남는다

IMF. 사회생활을 시작한 지 얼마 안 돼서 국가적인 위기의 불황이 왔다. 방송가도 예외는 아니어서 날이면 날마다 조기퇴직자, 권고 퇴직자가 생겨나고 작가들은 절반으로 줄었다. 프로그램당 투입되는 작가 인원도 줄고 원고료도 줄고. 그래도 우리는 떠나지 않았다, 못했다. 이 위기에 방송가를 버리면 다시 돌아올 수 없을 것 같았다. 어려운 시절을 함께 넘겨야 살아남을 수 있을 것 같았다.

작가실 창가에서 한강변을 바라보면 점심시간마다 까만 비닐봉지를 든 양복쟁이들이 보였다. 갈 곳 없는 남자들이 편의점에서 우유와 빵을 사 들고 한강에서 점심을 먹는 풍경이었다. 빌딩 안에 남은 사람들의 마음도 편하지는 않았다. 우리는 웃음을 잃어갔다. 당시 영화음악실을 하고 있던 나, 브레톨트 브레히트의 시 한 구절에 마음을 움푹 찔렸다.

– 강한 자는 살아남는다. 그러자 나는 자신이 미워졌다.

동료를 지킬 수 없었던 우리. 이기적으로 혼자 남아 꾸역꾸역 밥벌이를 해야 했던 우리. 강가로 같이 나갈 수도, 빌딩 안에 남아 있을 수도 없었던 나날들. 살아남은 것이 기쁨이 아니라 치욕이었던 나날들. 베베의 시로 오프닝을 열었다. 켄 로치의 영화 〈빵과 장미〉에서 음악을 틀었는데 콘솔 잡은 엔지니어가 울고 있었다. 그도 동료를 잃은 '살아남은 자'였던 것이다. 얼마나 자신이 미웠겠는가.

세월이 흘러 돈 받는 입장이 아니라 월급 주는 보스가 되어 IMF보다 더하다는 미국발 서브프라임 금융위기가 도래했을 때 직원들에게 밀리지 않고 월급을 주기 위해 얼마나 고생을 했는지. 두 번 다시 겪고 싶지 않은 맘고생이었다. 그때는 주변의 모든 사장이 돈만 꾸러 다녔다. 실연의 아픔도, 친구들과의 갈등도 돈이 주는 고통에 비하면 모두가 사치다. 오죽하면 갤럽 조사에서 스트레스 가장 많이 받는 사람이 부도난 기업 사장이었을까. 2위가 영화감독, 3위가 대통령이었다. 부도난 기업 사장의 고통은 무에서 유를 창조하는 영화감독보다도, 나라를 책임진 대통령보다도 윗길이었던 것. 해결책이 안 보여서 자살에 이르는 사장들의 심정을 이해할 수 있다.

하여 나는 우리 세대를 연민한다. 사회생활의 출발부터 이해할 수 없는 가혹한 벌을 받아야 했던 세대, 한창 안정을 찾아가야 하는 30대에 IMF보다 더한 폭탄을 맞고 길지도 않은 생에 두 번이나 마이너스 워킹을 경험하며 아직도 휘청거리고 있는 세대. 우리 세대는 부모님 덕에 집 장만한 친구들이 아니면 여태 세 살고 있는 사람들이 많다. 간신히 먹고 살기도 힘들어 내 집 마련은 꿈도 못 꾼 채 세월이 지나가 버렸기 때문이다. 게으르지도 않았고 누구보다 성실하고 열심이었는데 왜 삶이 나아지지 않지? 알 수 없는 자괴감에 빠졌던 나날들. 그 뒤에 우리 손으로 어찌해 볼 도리가 없었던 시대의 초상이 있다.

사람아, 아! 사람아...

    라디오 작가 시절, 나는 매일 출간되는 신문들은 물론이요 주간, 월간 잡지까지 모두 사서 읽었다. 4대 일간지는 물론이요 스포츠 신문부터 시사주간지, 패션 월간지, 영화 잡지, 음악 잡지 장르 불문 닥치는 대로 다 읽고 사들였다. 원고료를 책값으로 다 날리던 시절이었다. 왜 그랬냐고? 그래야 매일매일 디제이가 뱉어내는 멘트들을 쓸 수 있으니까. 머릿속에 뭔가를 넣어야 입 밖으로 손끝으로 원고가 나올 수 있다. 처음엔 작가실 창가에 앉아 가만히 한강을 보고만 있어도 원고가 나왔다. 지나온 인생과 축적된 독서 노트로 두 달을 버텼다. 두 달이었다. 단 두 달. 20년 인생이 두 달 만에 거덜이 났다. 방송의 무서움이 실감 났다. 그 뒤 위기감에 시달리면서 닥치는 대로 책을 읽고 공부하는 수밖에 없었는데 어느 날 시사주간지에서 사진 한 장을 보고 속에서 뜨거운 덩어리가 치밀고 올라왔다. 팔다리를 잃은 소녀 하나가 역시 팔다리를 잃은 갓난쟁이 동생을 안고 카메라를 처연하게 쳐다보는 사진이었다. 그 소녀는 이미 엄마·아빠를 잃은 후였다. 일고여덟 살이나 되었을까? 그 나이에 이미 인생의 고통을 알아버린, 나이를 뛰어넘은 표정이 거기에 있었다. 뭉툭하게 잘려버린 소녀의 팔다리보다 그 표정이 더 충격이었다.

시에라리온의 내전 현장. 이념으로 포장되어 있으나 사실 그 싸움의 본질은 다이아몬드 광산을 차지하기 위한 이권 다툼에 있다. 누가 광산을 차지하느냐. 누가 다이아몬드 채굴권을 갖느냐. 반군들은 마을의 소년들에게 마약을 먹여 동네 사람들을 죽이게 만든다. 가족과 이웃을 죽인 원수가 되어 다시는 돌아갈 수 없게 만들기 위해. 전투에서 이기고 나면 점령지역 사람들의 손과 발을 자른다. 총을 들 수 없게 하기 위해. 광산에서 다이아몬드를 채굴할 수 없게 만들기 위해. 사람들은 피를 흘린 채 죽어가고 간신히 살아남은 뒤에는 평생을 장애인으로 살아가야 한다.

울었다. 이게 사람이 할 짓인가. 이게 인간인가...

그러나 나를 더 크게 울린 것은 기사의 다음 내용이었다. 손이 잘려서 더 이상 악수를 할 수 없게 된 사람들이 만들어낸 새로운 인사법 때문에. 그들은 이제 손을 잡고 따스한 온기를 나누는 대신 잘려나간 서로의 손끝에, 그 뭉툭한 상처에 입 맞추는 것으로 악수를 대신 한단다. 아...

나는 원고를 썼다. 시에라리온의 비극, 그러나 그 속에서도 처절하게 피어나는 인간의 끈질긴 생존과 희망에 대해서. 같은 사람의 손발을 자를 수 있는 것도 인간이고, 그 상처에 입 맞추는 것도 인간이라고. 이 절망과 희망의 놀라운 아이러니 속에서 터져 나오는 것은 그저 한 마디였다. 사람아, 아... 사람아...

나 여기 있어요!

SBS 라디오에서 밤 프로그램을 오래 했다. 아침 클래식 프로그램과 녹음이 주인 영화음악실을 하면서 저녁엔 음악회와 영화시사회나 돌면서 우아하게(?) 살던 내가 10대를 대상으로 하는 가요 프로그램을 하게 되니 적성에 안 맞아서 맘고생을 무지 했었다. 이름도 외울 수 없는 수많은 아이돌과 (나는 슈퍼주니어가 나온 뒤로 아이돌의 이름을 외우는 걸 포기했다) 별의별 코너를 다 하면서 매일매일 아이디어를 쥐어짜고 '사랑합니다'를 끝 멘트로 날리는 디제이 덕에 닭살스러운 멘트로만 원고를 메꿔야 했던 나는 정체성의 혼란을 겪으며 이걸 얼마나 더할 수 있을까 날마다 회의에 시달렸다. 가요계는 최전성기, 라디오도 매체 파워가 대단했던 그 시절, 당시 여의도를 드나들던 매니저가 5천 명 가량이었는데 나는 그들의 전화번호를 다 가지고 있었다. 섭외의 여왕이 되어야 하니까. 방송국 나오면서 그 전화번호부를 후배에게 재산처럼 물려주고 나왔다.

젝키였던가, HOT였던가. 당대의 탑 아이돌 그룹과 고정 코너로 퀴즈 서바이벌을 진행하던 어느 날이었다. 작가 팀 전원이 부스에 앉아 전화만 받고 있어도 손이 모자랄 만큼 신청전화가 쇄도했다. 밤 10시 프로그램인데 아침 10시부터 신청전화가 몰려왔다면 말 다했지. 당시 그 코너 때문에 방송국 업무가 마비될 정도였다. 생방 주조에서 전화를 안 받으니까 어떻게 알고 방송국 사무실로 전화를 해댔기 때문이다. 그런데 그 코너에 컬렉트콜로 전화가 걸려왔다. 심지어 국제전화래. 보조 작가가 물었다. 이 전화, 어떡할까요? 아니 어떤 정신 나간 사람이 방송국에 컬렉트콜을 걸어? 당장 끊어버려야 했지만 뭔가 촉이 왔다. 내가 받을게. 전화를 직접 받았다. 여보세요?

　– 여보세요? 제 목소리가 들리나요?

　– 네, 잘 들려요. 어디세요?

　– 여기 연변이에요.

　– 어떻게 전화를 하셨어요?

　– 저, 청취자에요. 여기 연변에 방송이 들려요.

　연변, 길림성. 중국의 조선족들이 우리 방송을 듣고 있었던 것이다. 전혀 몰랐던 사실이다. 우리나라 라디오도 주파수를 잡다 보면 가끔 지지직거리며 중국말이 들리지 않는가. 그런 식으로 우리 방송이 중국에 나가고 있었던 것이다. 우리말이 고팠던 조선족들이 어렵게 방송을 들어가며 멀고도 가까운 조국의 향수를 달래고 있었던 것! 이거다 싶어 바로 연결을 했다. 디제이도 중국에 방송이 들린다는 말에 흥분해가며 조선족 청취자와 전화 데이트를 무사히 마쳤다.

　그날 이후, 중국에서 해외우편물이 쏟아지기 시작했다. '기쁜 우리 젊은 날 공작원 여러분!' 이렇게 시작되던 편지들. 스탭이란 말 대신 공작원이라고 지칭하던 글귀들은 북한말 느낌이 나는 용어들이 많았다. 그들은 처음에 하나같이 '나 여기 있어요!'를 외쳤다. 그동안 혼자서 방송을 들으며 중국에서도 들린다는 걸, 나도 듣고 있다는 걸 알리고 싶었다는 외침, 우리와 소통하고 싶다는 간절한 욕구가 느껴졌다. 그렇게 초기 편지들이 지나가자 드디어 진짜 사연들이 등장했다. 그들이 잘 들리는 중국 방송 말고 우리 방송에 매달리는 진짜 이유가.

그들은 하나같이 엄마나 아빠, 혹은 부모님 모두가 한국에 나가 있는 상황이었다. 한국에 돈 벌러 온 조선족 노동자의 아들 딸들이었던 것이다. 조선족들의 주거가 일정치 않고 여기저기 떠돌다 보니 연락이 끊기기 일쑤. 아이들은 반년째, 혹은 일 년째 소식이 없는 엄마 아빠를 기다리며 한국방송을 듣는 것으로 그리움을 해소하고 있었던 것. 혹시나 한국에 있는 엄마 아빠가 들을까 싶어 열심히 편지를 보내 자기들의 소식을 전했다. 피디가 결단을 내렸다. 중국에서 온 편지는 하나도 빼놓지 말고 모두 방송해!

편지지를 살 돈도 없는 아이들이 하루 종일 연변 시내를 돌고 돌아 골랐다는 꽃 편지지는 마치 몇십 년 전 디자인처럼 올드하고 촌스러워 서울 사는 우리 눈에 유치하기 짝이 없었지만 그 정성이 가히 놀라웠고 사연마다 눈물겨웠다.

회의는 사라지고 그때부터 작가로서 소명을 느끼게 되었다. 그래, 그들을 향해 방송을 하자. 저 멀리서, 애타는 마음으로 듣고 있는 그들을 향해! 내 마음속 청취자는 그들이었다. 그들을 향해 오프닝을 날리고 간절한 마음으로 원고를 썼다.

피디는 두 번째 결단을 내렸다. 가자! 중국으로! 어렵게 듣고 있는 그들을 위해 중국에서 공개방송을 하자는 것이었다. 아쉽게도 피디의 이 두 번째 결단은 예산 부족으로 실행에 옮겨지지 못했다. 그 프로를 그만둘 때까지 중국 현지 공개방송을 위해 노력했지만 성사되지 않았다.

라디오를 그만두고 나서도 중국의 편지들은 오랫동안 잊히지 않았다. 영화사로 옮겨 앉고 나서 나는 생각했다. 연변의 소녀 청취자와 한국의 디제이가 사랑하는 이야기를 만들면 어떨까? 영화 〈원더풀 라디오〉가 나오는 바람에 김은 좀 샜지만 이 아름다운 소재는 아직 내 가슴에 있다. 언젠가는 이 소재가 이야기가 되어 어떤 형태를 갖출지도 모를 일이다.

오빠야!

　20대, 옥탑방 시절.

　몇 년간 살던 그 방에서 이사를 나오던 날. 집주인은 내가 월세를 몇 번 빼먹었다며 보증금을 내주지 않았다. 거짓말이었다. 기가 막혔다. 은행에 가서 거래내역을 뽑아왔다. 이체 기록을 증명해야 하니까. 집주인의 아들이 자기 엄마 뒤에서 험악한 인상을 짓고 있었다. 부동산 업자는 집주인들의 편이라는 걸 그때에 알았다. 선불로 낸 돈도 후불이었다며 한 달 치를 더 요구했고 부동산 중개인에게 따지자 중개인은 어물어물 주인 편을 들었다. 그녀가 계속 거래할 사람은 내가 아니라 집주인이니까.

　서러웠다.

　어린 여자 혼자라고 이렇게 무시하다니. 지켜줄 사람 없는 나는 그냥 눈물부터 나왔다. 누구에게 도움을 청해야 할까 고민하다가 그때 라디오 프로그램을 같이 하던 담당 피디에게 전화를 걸었다. 막 점심을 먹으려고 하던 그 피디, 밥숟가락 던지고 단숨에 달려와 줬다. 다다다다 무섭게 따지는 피디에게 집주인이 물었다.

- 당신 뭔데?

그와 나의 관계를 무어라 할 것인가... 피디가 소리쳤다.
- 나, 오빠야!

가슴에서 무언가가 울컥! 했다. 웃기기도 했지만. 이후로 더 코미디 같은 상황이 연출되었다. 오면서 건달 출신 매니저에게 전화를 걸어둔 피디, 형님의 집합 명령에 총출동한 여의도 매니저들 수십 명이 마포에 깔린 것이다. 갑작스런 어깨들의 출현에 긴장한 경찰들, 사이렌을 울리며 경찰차도 왔다.

집주인 여자, 대경실색했다. 이 어린 것이 뭐길래 이런 사태가... 그녀는 사람을 협박한다며 소파에 누워버렸고 갑자기 저자세가 된 그 여자의 아들이 사태를 진정시키고자 나의 오빠를 자처한 그를 데리고 나갔다. 이후 어떻게 되었는지는 잘 생각나지 않는데 아무튼 말문이 막히자 오빠야! 를 외치던 그의 목소리는 잊히지 않아서 가끔 그때를 떠올리며 혼자 웃곤 했다.

그 피디와 같이 간 지방의 공개방송. 서너 명의 작가가 2만 명의 관중이 모이는 쇼를 진행해야 하는지라 공개방송 준비는 늘 긴장의 연속이다. 그러나 나를 너무 믿었던(?) 피디는 대개 현장에 없고 메인작가인 나 혼자 동분서주할 때가 많았다. 그날도 그는 어딘가로 사라지고 없었다.

공개방송은 쇼를 신청한 그 지역 관공서나 스폰서와 호흡을 맞춰야 하는데 지방의 스폰서들은 건달 포스의 남자들이 대부분이다. 서울에서 온 어린 여자들한테 지시받는 것이 싫었던 남자들이 나한테는 차마 대거리를 못하고 (왠지 저 여자가 윗사람 같으니까) 보조 작가에게 욕을 했다. 나이 어린 이 아가씨, 인상 험악한 남자에게 상소리를 듣고 일을 못하고 울고 있었다.

누가 우리 작가에게 욕을 했다고? 당시 몸무게가 40킬로밖에 안 나가던, 키도 작은 나. 그 거친 남자들 앞에 마주 섰다. 사실 속으로 무지 떨었다. 맞을까봐. 그러나 우리 팀의 자존심을 지켜주고 나 역시 당하는 것이 싫었기 때문에 대차게 따지고 들었다. 그들은 내가 전혀 무섭지 않았기 때문에 사태는 해결이 안 되었고 나는 아빠한테 이르듯이 피디를 찾아왔다.

우리 피디, 방송 안 한다며 무대를 걷었다. 몇 억이 날아가고 방송국에서 문책당할 것이 뻔한데도 그는 우리의 자존심을 선택해줬다. (사실은 쇼잉이었지만) 다급해진 건달들, 그제야 사과하며 우리를 붙잡았다. 작가들은 다시 무대를 세팅했고 그날의 공개방송은 무사히 진행되었다.

그는 아빠였고 나는 엄마였다. 그는 패밀리를 분명하게 책임졌고 그 우산 아래에서 나는 스탭들을 서로 사랑하게 만들었다. 감히 말하건대 우리 팀의 팀워크는 방송국 내에서 최고였다.

오래전 그는 안 가겠다는 나를 떠밀어 영화사로 보내며 영화사 망하면 언제든지 받아줄 테니 걱정 말고 갔다 오라고, 라디오는 비전이 없다며 나를 보냈다. 내가 방송국을 그만두던 날, 우리 팀 작가들은 통곡하며 울었다. 가지 말라고… 그 밤, 우리는 밤을 새며 계속 울었다. 새로운 비전을 향해 나아가야 한다는 것은 알았지만 그 이별을 받아들이기가 힘이 들었다.

세월이 흘러 오랜만에 그를 만나 술을 마셨다. 새로운 패밀리를 인사시키며 이제 이 아이들을 도와달라 부탁했다. 지난 시절의 에피소드를 안주 삼아 이야기하니 그도 기억난다며 껄껄 웃었다. 내가 방송을 그만둔 뒤 친동생을 그에게 취직시킨 터라 우리 집을 먹여 살린 분이라고 농을 했더니 이제 네가 나를 먹여 살려라… 노후 설계의 미션을 준다.

스물세 살에 처음 만나 어찌나 일을 독하게 시키는지 처음 몇 년간은 너무 힘이 들었다. 못한다는 소리는 듣기 싫어서 일을 완벽하게 하려고 기를 썼다. 그러다 과로로 쓰러져서 일을 그만두었는데 그는 내가 아프던 석 달 동안 계속 병원비를 댔다. 병 주고, 약 주고. 컨디션을 좀 회복하자 바로 다시 오라고 불렀는데… 거절할 수가 없었다.

무슨 일을 하고 어떤 보스를 만나도 그와 일하던 양의 절반만 하면 잘한다는 칭찬을 들었다. 그는 내 사회생활의 기본, 일하는 자세의 기본을 잡아준 사람인데 부작용도 만만치 않았다. 그는 가혹하지만 책임도 확실하게 지는 사람인데 다른 보스들은 그 사람만큼 책임지는 사람이 없어서 나는 이용만 당하는 경우가 많았다. 아무도 그 사람 같지 않았다.

엑기스만 말하는 사람이라 자주 만나지는 않고, 일 년에 한 두어 번

용건이 있을 때만 보게 되는데 믿음은 여전히 굳건하다. 연락도 없이 미국에서 보낸 6개월을 원망하며 그의 손을 잡았다. 보스였던 그가 이제... 친구 같다.

자기야 – 개인 용어에 대한 설명

대학 시절, 그리고 라디오 작가 시절. 친한 친구들끼리 자기야... 라고 부르던 때가 있었다. 사적인 그룹 내에서의 특수한 호칭이었던 셈이다. 마치 남자들이 친근감을 표현하기 위해 친구들에게 욕설을 섞는 것과 비슷한 표현이라고 보면 된다. 방송국이라는 특수한 직장 분위기 탓도 다분히 있었을 것이다. 누구 씨 붙여서 이름 부르기도 이상하고 선배님도 좀 이상하고 피디님, 작가님... 좀 다 웃겨서 그냥 친한 동료들 간에는 서로 자기, 자기 하면서 부르게 되었다.

그런데 이 버릇이 끈질기게 남아서 그 뒤로 호감이 있는 사람에게 남녀 불문하고 자기야... 라고 부르는 일이 종종 있다. 그런데 이게 나에 대한 이해가 부족하고 정보가 별로 없는 사람한테는 황당한 일일 수도 있다는 생각을 하게 되었다.

낯선 사람들이 섞인 자리에서 내가 자기야... 라고 부르면 상대방이 미친 듯이 웃는다. 나한테 '자기야'는 친구야... 비슷한 건데 상대방은 웃으면서 속으로 '이 여자가 미쳤나, 언제 봤다고 자기야. 이 여자 혹시 나한테 딴 맘 있나. 내 자기가 되고 싶다는 거야, 뭐야.' 이런 생각을 할지도 모른다는 것이다.

　화류계(방송 연예계를 일러 우리끼리 하는 말) 식구들은 이 말의 뉘앙스를 잘 알아서 처음 만나서 서로 자기 자기 하기도 한다. 배우들도 금방 알아듣는다.

　차이는 이것뿐이 아닐 것이다. 말과 행동, 생각… 모든 것이 얼마나 많이 다를까. 주변에 일반적인 직업인은 드물고 방송가 사람들만 더글더글한 나는 가끔 다른 동네에서 이상한 여자 취급을 받을 수도 있다는 생각을 한다.

　어느 동네가 더 좋다고 말할 수는 없다. 다만 서로 이해할 수는 있었으면 좋겠다는 것이 이쪽저쪽에 친구를 둔 나의 바람이다.

'검은 꽃'을 보내며

－ 이 작품을 쓰는 동안 작업실 벽에 세계지도 한 장과 멕시코 지도 한 장을 붙여두었습니다. 글을 쓰다가 가끔 벽에 부딪힐 때면 의자를 돌려 지도를 바라보았습니다. 그들이 얼마나 멀리 갔는지... 그렇게 멀리 가서 또 얼마나 헤매 다녔는지 가늠해 보노라면 가슴이 먹먹해지곤 했지요.

10회를 쓰고, 20회가 넘어가도 주인공들이 도무지 행복해지지 않아 더불어 우울했습니다. 망국과 기민의 역사에 시달리면서 지금 이 같은 평온의 시대에 태어난 것을 새삼 감사하며 고난의 시대를 살다 간 선조들에게 죄스러워 식욕을 잃었습니다.

많은 것을 배울 수 있었던 의미 있는 시간이었지만 훌륭한 원작을 망친 것은 아닌지 불안하고 부끄럽습니다. 부족한 대본을 빛내주신 감독님 이하 제작진 여러분과 열정을 보여주신 성우 여러분께 감사드립니다. 그동안 수고하셨습니다.

마지막 대본 30회를 내보내고 스탭과 성우들에게 보낸 에필로그다. 오늘에서야 비로소 세계 지도와 인물 관계도를 벽에서 떼어냈다. 아픈 와중에

3주 동안 30회의 대본을 써내느라 인간의 한계에 도전하는 기분이었던 김영하 원작 〈검은 꽃〉 각색. 기민으로 살아간 구한말 멕시코 이민자 1,032명의 운명에 가슴 아프고 우울했던, 그러면서 우리 삶의 존엄함에 대해서 다시 한 번 깨우쳐준 글쓰기였다.

스페인의 식민지였던 멕시코 상황을 그리기 위해 스페인어 교본을 샀지만 교본 본다고 대사 플레이가 가능할 순 없었다. 신사동 가로수길에 있는 스페인 클럽에 전화해서 주방에서 일하고 있는 스페인 주방장에게 간단한 욕설 같은 걸 물어봐서 악독한 농장 감독 캐릭터에 써먹었다. 하와이 사탕수수 농장 시즌이 끝나고 남미의 에네켄 농장으로 몰려간 사람들. 40여 일을 배 안에서 먹고 자고 싸며 짐승 꼴이 되어서 도착한 멕시코는 꿈을 이뤄줄 신천지가 아니라 노예나 다름없이 살아가야 하는 생지옥이었다. 돌아가고 싶어도 너무 멀리 왔고 도망가고 싶어도 사막 한가운데였다. 그들은 조선말밖에 몰랐다. 이를 악물고 버틴 시간들, 마침내 계약기간이 끝나고 자유의 몸이 됐지만 나라가 망한 뒤였다. 그들은 돌아갈 나라가 없었다.

멕시코에는 지금도 그때 정착한 한인들의 후예가 살고 있다고 한다. 3세대를 넘어오며 우리말은 잊었지만 만두, 잡채, 김치... 음식 이름은 아직 남아 있고 해마다 8월 15일이 되면 모여서 한국 음식을 만들어 먹는 것이 전통이란다. 그들의 명절. 설이나 추석이 아니라 광복절을 명절로 정한 그 마음이 장하고 아프다.

많이 배웠다.

1년간의 집필을 마치고

– 나는 우리나라가 세계에서 가장 아름다운 나라가 되기를 원한다.

가장 부강한 나라가 되기를 원하는 것은 아니다.

내가 남의 침략에 가슴 아팠으니, 내 나라가 남을 침략하는 것을 원치

아니한다.

……

인류의 정신을 배양하는 것은 오직 문화이다.

나는 우리나라가 남의 것을 모방하는 나라가 되지 말고

높고 새로운 문화의 근원이 되고, 목표가 되고, 모범이 되기를 원한다.

그래서 진정한 세계의 평화가 우리나라에서,

우리나라로 말미암아서 세계에 실현되기를 원한다.

……

김구 선생의 백범일지에서 마지막 나레이션을 인용하며 6개월을 준

비하고 1년간 집필했던 라디오 사극을 끝냈다. TBS 라디오 일일 드라

마 〈서울, 600년을 걷다〉. A4용지 1,600매, 원고지 일만 장의 대장정.

마지막 원고를 넘기고 며칠 동안 아팠다. 고려말의 혼란에서 조선왕조

개국의 영광, 다시 500년 뒤 구한말의 절망까지 거쳐 온 시간여행은 내가 어떤 시대, 어느 나라에서 살고 있는지를 생생하게 일깨워준 산 공부였다.

나를 가장 많이 울린 존재는 단종. 단종역을 맡았던 성우 남도형 씨는 그해 휴가를 단종의 유배지였던 영월로 떠났다고 한다. 지금까지 단 한 회도 빼놓지 않고 다운받아서 들었다는 감동의 출연자이자 청취자인 한 사람.

1년 동안 감기라도 걸릴까 봐 노심초사였다. 아무도 대신해 줄 수 없는 원고... 방송국 국장님은 홍삼액을 보내주시며 내가 아플까 봐 전전긍긍하셨다.

– 조 작가 이뻐서 주는 거 아니야. 아파서 원고 펑크 낼까 봐 주는 거야. 아프면 안 돼.

건강해서가 아니라 긴장해서 아프지도 못했던 지난 1년. 이제 비로소 긴장이 풀려 내 몸은 마음대로 아프다. 아프고 난 뒤, 다시 쓰게 될 원고에서는 보다 나은 작가가 되어 있으면 좋겠다.

간절히...

2_온 에어

외롭다 – 업계 용어에 대한 설명

어느 날이었다.

배우는 펑크를 내고 감독은 난리를 치고 원고는 늦고 네티즌은 작가 바꾸라고 난리고 기자들은 날이면 날마다 씹는 기사를 써댈 때, 작가들은 너무 아프고 잠도 못 자고 우울증에 의욕상실이었다. 밥도 못 먹는 나날들... 힘들고 고통스럽고 억울하고 어디 가서 하소연할 수도 없는 절벽 같은 상황, 이 복합적인 심정을 어떤 말로도 표현할 수가 없었다.

하여 나는 할 말을 잃고 같이 일하는 선배 작가의 어깨에 기대어
– 언니 외로워...

이렇게 말해버렸다. 선배는 미친 듯이 웃으며 박장대소를 했다. 그때 우리 처지에 외롭다는 단어는 참으로 사치스러운 감정적 유희에 지나지 않았던 것이다. 그 뒤로 우리는 둘 사이의 특수용어로 외롭다는 말을 쓰기 시작했다.

배고파도 외로워

힘들어도 외로워

원고가 밀려도 외로워

죽고 싶어도 외로워

욕먹어도 외로워

그 모든 것이 합쳐져도 외로워...

며칠 전 친구가 두 여자를 격려 방문하여 야식을 사주고 갔는데 드디어 다른 사람도 우리의 외롭다는 단어의 뉘앙스를 알게 되었다. 이제 안부 전화를 하면 '오늘도 외로워?' 라고 물어본다. 업계 용어에 적응하기 시작한 것이다.

오늘 아침 15부 대본을 넘겼고 이제 16부 하나만 더 쓰면 된다.

외로움의 끝이 보인다.

남아있는 나날

나는 원래 대학에서 소설 전공이었다. 영화나 드라마가 소설과 가장 다른 점은 혼자 하는 일이 아니라는 것이다. 소설은 성공과 실패가 온전히 나만의 몫이지만 영상매체는 이른바 종합예술이라 감독과 배우, 스탭들이 모두 각자의 역할을 해내야 한다. 가장 중요한 것은 구성원 간의 소통이다.

작가가 씬을 하나 썼다. 우선 감독이 이해해야 하고 그다음엔 감독이 스탭들을 준비시키고 현장에서 배우들을 설득시킨다. 그다음에 편집자와 음악감독이 촬영된 씬을 제대로 이해하고 붙여야 하며 감독이 최종적으로 파이널 편집을 한다. 드라마가 브라운관을 통해 방영되면 최종적으로 시청자와의 소통이 이루어진다.

작가가 처음에 의도한 대로 시청자에게 가 닿으면 성공이라고 할 수 있다. 그러나 각 단계마다 왜곡이 이루어질 경우 작가가 A라고 써놓은 게 B나 C 정도가 아니라 심하면 F가 되기도 한다. 그래서 만드는 사람들의 가치관이 비슷해야 일이 잘된다. 이것은 마치 결혼과 같다. 소통이 안 되면 이혼이라는 치명적인 결과를 가져올 수도 있는 것이다.

소통이 안 되면 그다음 단계는 싸움이다. 싸우고 우기고 소리 지르면서 자기의 바닥을 드러낸다. 나는 이 과정이 싫다.

작가가 첫 단추를 끼우고 대본만 나오면 다른 일들은 왜곡의 진행 속에서도 어쨌든 진도를 나갈 수 있기 때문에 감독은, 피디는, 데스크는 작가만 쪼아댄다. 그런데 불가능한 것을 요구한다. 건강, 스케줄, 식사, 수면… 이런 거 하나도 안 봐준다. 사실은 사람으로 보지 않는 것이다.

우리 감독은 촬영 첫 주에 7킬로가 빠졌다. 5일 내내 다들 한잠도 못 자고 연속적으로 촬영하는데 현장 출신이 아닌 방송국 간부들이 작업일지를 보더니 거짓말하지 말라고, 이건 인간이 할 수 있는 일이 아니라고 했다. 동석했던 감독, 울컥하며 소리쳤다. '이것이 한국 드라마의 실상이고 한류 열풍의 진짜 이유다. 돈도 없고 기술도 없는 나라에서 스탭들이 목숨 바쳐가며 찍고 있는 것이다!' 몸 사리지 않는 무모한 헌신, 이것이 한류 경쟁력의 실체다. 우리 스탭들이 어찌나 무식하게 일만 하는지 외국 스탭들이 섞이면 심지어 울기까지 한단다. 너네들은 사람이 아니라고 하면서.

현재 내가 쓰고 있는 드라마는 애국가 시청률과 경쟁하는 중이기 때문에 별로 할 말이 없다.

그러나 잘 쓰는 드라마도, 못 쓰는 드라마도 다들 힘들기는 마찬가지. 나의 유일한 위안과 희망은 어쨌든 시간이 가고 있다는 것이다. 남은 한 달은 내 생에 가장 긴 한 달이 될 것 같다.

산책 – 겨울 아침

아침에 일어나 중무장을 하고 샛강의 생태공원으로 산책을 나갔다. 매서운 강바람, 얼음물 속에서도 겨울 철새들은 날갯짓이 한창... 새들은 춥지도 않은 걸까? 물고기는 통각이 없어서 회를 떠도 아픈 줄 모른다고는 하지만 생명 있는 것들이 어찌 고통을 모를까... 아무도 없는 새벽 샛강은 헐벗고 쓸쓸해서 마치 폐허 같았다. 살갖이 에이도록 추워져서 산책을 그만두고 작업실로 돌아왔다.

오는 길에 편의점에 들러 흰 쌀죽을 사다 아침을 먹으며 이 일이 언제 끝날까를 되뇐다. 3주다. 3주만 견디면 된다. 3주만 지나면 여행도 갈 수 있고 좋아하는 친구도 만날 수 있고 더 이상 비난에 시달리지 않아도 되며 잠을 잘 수도 있고 내가 원하는 글을 쓸 수도 있고 영화도 보고 책도 읽고...

아, 근데 왜 눈물이 나지?

실패를 받아들이는 일은 고통스럽다. 신이 이 시간을 주신 이유를 생각해본다. 나는 포기하지 않고 나아갈 것이기에. 이 호된 좌절은 앞으로의 나를 겸손하게 만들겠지. 이 실패가 늘 나의 발목을 잡고 우쭐해지려는 나를 다듬어주겠지. 앞으로 다른 일에서 성공한다고 해서 잘난 척하지 못하겠지.

마음이 시릴 땐 누군가의 작은 친절에도 큰 위로를 받는다. 친구들의 지나가는 친절에도 가슴이 무너진다. 나를 작가가 될 것이라고 예언했던 선배는 말했다.
– 너는 무너지지 않아. 너는 오기가 있잖아. 너는 다시 일어날 거야.

어떤 독이든 견뎌내면 약이 된다고 했다. 사람들은 그 독이 약이 되기 전에 그만두기 때문에 독이 그저 독으로 남는 거라고. 이 독이 내 안에 약으로 승화될 때까지 나는 얼마나 오랜 시간을 견뎌야 할까.

나는 나를 믿는다.

나의 재능을 믿는 것이 아니라 내가 포기하지 않는 사람임을 믿는다. 포기하지 않으면 언젠가는 될 거라고. 그러나 그 시간이 10년이 걸릴지, 20년이 걸릴지 그건 모르는 일이지. 중도에 지치지 않게 스스로를 가다듬어 가는 수밖에.

내일도 산책하러 가야겠다.

이번 일에서 배운 것

1 계약금을 쓰면 안 된다. 일을 정말 할 것인지 말 것인지 과정을 통해 고민하면서 최후의 순간까지도 계약금은 고스란히 남겨둬야 한다. 그래야 여차한 순간에 계약금을 돌려주면서 일에서 빠질 수가 있다.

나는 돈을 받자마자 신난다! 하면서 써버렸기 때문에 나중에 일에서 도망가고 싶은 순간이 왔을 때 빠져나갈 길이 없었다. 돌려줄 계약금이 수중에 없었기 때문에...

가만, 근데 그 돈 다 어쨌지? 왜 내 손엔 한 푼도 없는 거야?

2 작가의 작업실은 회사 가까이나 감독 가까이 있어서는 절대 안 된다. 그들은 수시로 방문하여 일하는 시간을 빼앗으면서 시시때때로 원고를 쪼아댄다. 그래서 원고가 색깔을 잃고 잡탕이 된다.

3 집필기간 동안 나를 지켜줄 사람이 있어야 한다. 일단 집안 살림을 챙겨줄 사람이 필요하고 고단한 몸과 마음을 위로해줄 친구, 혹은 연인이 있어야 한다. 일단 일상을 전혀 챙길 수가 없어서 공과금은 밀리고 각종

세금이 체납되며 빨래를 못해서 입을 옷이 없다. 나 역시 수도와 전기가 끊길 위험에 처해 있다.

며칠씩 밥도 못 먹고 잠도 못자면 누군가 내 편에게 기대어 하소연하고 싶은 마음이 굴뚝같아진다. 그걸 못하면 글쓰기도 더 괴롭다.

4 재산은 남에게 맡길 것. 작가들은 다 재테크를 못하는데 쓰는 동안 스트레스를 너무 심하게 받아서 집필이 끝나면 과소비로 스트레스를 해소한다. 그래서 다시 거지가 된다. 그럼 또 돈을 벌기 위해 일을 무리하게 해야 하고 그런 악순환이 계속 이어지면서 고생은 고생대로 하고 돈은 없고... 늘 그런 식이다.

나도 두 번 정도 미친 듯이 쇼핑했다. 작업실에 갇혀 있는 올겨울에는 트레이닝복 외에 입을 일도 없으면서 개념 없이 옷을 사들였다. 내가 왜 그랬을까... 나를 위해 뭔가 하고 싶다는 욕망 때문이었을 것이다. 순간의 위로 후 남는 것은 긴 후회뿐.

20대 때, 자서전 대필을 하고 나서 받은 돈을 모두 술값으로 써버린 적이 있다. 원치 않은 글을 쓰면서 번 돈은 마구잡이로 써버리게 된다. 복수하듯이... 허나 누구에게 복수가 되겠는가... 괜히 자기 손해지.

유혹하기 쉬운 여자

외로운 여자

바람둥이가 유혹에 능한 것은 상대가 어떤 여자든 100% 성공하는 게 아니라 외로운 여자를 귀신같이 알아보는 눈을 가졌기 때문이다. 바람둥이는 외로운 여자를 절대로 그냥 지나치지 않는다.

예쁜 여자

예쁜 여자는 의외로 수동적이다. 노력하지 않아도 주변에 늘 남자들이 많았기 때문에 좋아하는 사람이 생겨도 적극적이지 않다. 한두 번 어필해 보고 별 효과가 없다 싶으면 금방 포기한다. 흥, 너 말고도 남자 많아... 뭐 이런 식이다. 때문에 예쁜 여자가 의외로 후진 남자랑 사는 일이 종종 있는데 가장 적극적으로 공세를 펴는 남자에게 넘어가는 경우가 많기 때문이다. 예쁜 여자들은 내면적으로 자신감이 없는 경우가 많다. 자라면서 외모에 대한 칭찬은 많이 듣지만 성품이나 인격, 지성에 대한 시선은 충분히 받지 못하기 때문에 오만과 불안이 혼재되어 있다.

자기가 똑똑하다고 생각하는 여자

똑똑한 여자는 자기의 선택을 과신한다. 평소에 깐깐하게 굴다가 엉뚱한

데서 무너진다. 똑똑한 여자에게 강하게 어필하면 의외로 쉽게 무너지며 승부근성과 자존심을 자극하면 성질 내며 따라온다.

그러나 요즘 유혹하기 쉬운 여자 리스트에 내가 새로이 추가하고 싶은 명단은 시청률 낮은 드라마를 쓰고 있는 작가이다. 네티즌들이 날마다 씹어대고 신문지상에서 요란하게 두드려 패는 나날들. 주변인들의 비판적인 시선을 의식하느라 스스로 지옥에 빠져 있는 작가는 아주 사소한 다사로움에도 마음이 무너진다. 손만 잡아줘도 눈물이 펑펑 쏟아질 지경이다. 위로가 너무나 고프고 세상에 내 편이 하나라도 있다는 사실을 확인하고 싶어서 누군가 전화해서 다정한 말 한마디만 해줘도 심장을 내주고 싶은 심정이 된다.

기생 팔자, 무당 팔자, 작가 팔자가 같다고 했다. 기생 팔자는 요즘으로 치면 연예인 팔자인데 예쁜 여자는 배우가 되고 배우 될 미모가 아니면 작가가 되고 팔자가 더 드세면 무당이 되는 것 같다. 공통점은 남의 인생을 몸으로 대신 살아야 한다는 것인데 작가들이 고수가 되면 무당 못지않은 신통력, 다시 말해 통찰력을 발휘한다. 사람을 한번 보면 내력과 성격, 앞으로의 비전을 다 짚어낸다. 그래서 내공 있는 작가들의 눈은 하나같이 깊다.

오디션은 슬프다

드라마 촬영개시를 앞두고 오디션을 봤다.

오디션을 볼 때면 늘 슬프다.

외모와 재능이 안 되는데도 꿈에 부풀어 심사위원들 앞에서 연기를 해보이는 어린애들을 보는 것도 슬프고 나이 서른이 넘도록 아직도 오디션을 보고 다니는 10년째 신인인 지친 연기 지망생들을 보는 것도 슬프고 명배우의 아들로 나이도 많고 경력도 많은데 어린애들이랑 같이 줄 서서 기다려 오디션을 보는 한 남자배우를 보는 일도 슬펐고 결국 수십 명의 오디션 참가자들을 대부분 거절해야 하는 우리의 입장과 그 거절로 인해 그들이 입을 상처가 슬펐다.

배우는 수백, 수천 번의 거절 속에서 상처에 익숙해진다. 작가도 그렇기는 하지만 배우들은 그 모든 거절을 몸으로 부딪쳐야 한다는 것이 더욱 비애스러운 게 아닐는지...

미안하다는 말도 할 수 없는 오디션 현장. 그래도 보석을 건져보려 눈을 크게 뜬다.

악녀 아니면 창녀

남자 스탭들이 빠지고 여자들끼리 모이게 된 회의 시간. 어쩌다 이런 얘기가 나왔다.

여자가 일을 하려면 악녀 아니면 창녀가 되어야 한다고. 욕을 입에 달고 살면서 사람들을 닦달하고 성질을 벅벅 내는 여자가 되거나 애교 살살 떨면서 여성성을 강조해서 남자들을 일하게 만들거나. 정상적으로 일하고 정상적인 톤으로 지시를 내리면 죽어도 안 한다나?

어릴 때는 영화판 여자 피디들의 거침이 싫었다. 나는 저렇게 되지 말아야지, 결심했다. 지금의 나, 그들보다 성질 더 더럽다.

전에 어떤 회사의 이사로 있을 때, 나와 동갑인 남자직원이 있었다. 그는 내 나이를 알기 전까지 이사님이라고 부르다가 얼마 뒤 내가 자기와 동갑이라는 것을 알게 된 뒤로 현경 씨라고 이름을 불렀다. 차라리 첨부터 이름을 부르든지.

남자와 여자가 대립할 때 여자가 옳아도 남자들은 남자 편에 선다. 남자들끼리의 관계가 더 오래갈 거라고 사회 속에서 결국은 그들이 남게 될 거라고 핏속에 흐르는 유전자가 그렇게 말해주는 것 같다. 그 연대를 깨는 것이 여성의 유혹이다. 그래서 어떤 여자들은 몸을 던진다. 나는 악녀도 창녀도 다 이해가 간다. 백번 천 번 이해한다.

누가 여자들을 감정적이어서 일하기 어렵다고 했는가. 세 번 네 번 똑같은 말을 하게 만들고 그래도 움직이지 않아 화를 낼 때 그들은 말한다.

– 여자는 감정적이야!

아니 그럼, 도무지 여자와 협업할 줄 모르는 니들은 뭔데?

다른 사람이 받을 상처보다 나의 이익, 조직의 이익을 먼저 생각하는 것이 비즈니스다. 그러나 작가는 스스로 자해할지언정 남에게 상처 주는 것이 힘든 사람들. 자살하는 심정으로 다른 이들에게 상처를 주었다. 그러면서 오래전 내가 받았던 상처들을 생각했다. 일하는 사람들을 너무 사랑하여서 그들의 배신이 너무 아팠던 기억.

이제야 알겠다. 그들에게 이익이 먼저였음을. 악랄해서가 아니라, 그것이 사람의 한계요, 그들의 그릇이었음을.

감독님, 감독님, 우리 감독님

영화 야수를 보고 많이 울었다. 권상우의 가난함과 아픔과 가족회복에
의 노력과 대책 없는 뜨거움이, 어설프기도 하지만 아프게 울부짖는 유지
태의 절대 고독과 신념이 무너지다 못해 야수로 변해가는 과정은 보는 내
내 마음이 힘들었다.

그들이 만나는 수많은, 견고한 벽들.

권력을 쥔 범죄자는 검찰보다 더 파워 있고 신념은 내부의 수많은 적들
로 인해 범죄로 전락한다. 어떤 남성 관객들은 그 고통을 견디다 못해 관
람 도중에 소리를 지르며 나가버렸다. 영화관람 역사상 지루하고 재미없
어 나가는 사람들은 봤지만 그런 케이스는 처음이었다. 생생한 분노를 일
으킬 정도로 이 영화는 뜨겁다.

그러나 결말에 이르러서 나는 감독 때문에 울었다. 이 사람이 얼마나 뜨
거운가, 그러나 얼마나 춥고 아프게 살아왔는지가 느껴졌기 때문이다. 그
는 가족을 사랑하고 자신의 꿈에 대하여 미친듯이 열정적이었으나 세상으
로부터 늘 거부당하고 아무에게도 도움받지 못하여 뼛속까지 춥고 고독한

세월을 살아온 사람이라는 것이 한 장면, 한 장면마다 녹아 있었다. 부디 첫 영화를 세상에 내보낸 것으로 그가 위로를 좀 받아서 다음영화부터는 좀 더 온기 있는 비전을 세워주기를... 하루 종일 너무 마음이 아팠다.

드라마 한편을 제대로 걸기 위해서, 영화 하나 꼭 만들어보고 싶어서 10년 세월을 달려왔다. 뭐 하나 제대로 하는 데 10년 걸렸다. 고군분투의 세월, 사람들은 그저 약자일 뿐인 나를 얼마나 짓밟았던가. 회사에서 울지 않기 위하여 이를 악물고 참고 있다가 회사 문 나오면서부터 울기 시작해서 택시를 타고 통곡한 시간들. 자기들의 이익을 위해 진심밖에 가진 게 없었던 나를 버리면서 그런 자신들의 모습을 가리기 위하여 지금까지도 혹독하게 나를 마녀로 만들고 내 앞에서는 웃는 그들.

그들이 만드는 영화와 그들이 쓰는 드라마와 그들과 함께하는 배우들의 모습을 애써 외면하면서 아프게 타는 가슴을 누구에게도 말할 수 없었다. 그런 세월을 보내본 자만이 공감할 수 있는 고통이 이 영화에 있다.

막방이 나가는 당일 새벽, 야식을 사 들고 우리 드라마 촬영장에 갔다. 거듭되는 실패의 역사 속에 겨우 세워진 이 작은 성공이 너무나 귀해서 한 겨울 촬영장에 선 감독의 손을 뜨겁게 맞잡으며 감사의 마음을 전했다. 오래전 내가 그저 아무것도 모르는, 책과 영화를 좋아하는 철부지였던 그 시절부터 연이 닿았던 그분은 말없이 웃으며 내 손을 맞잡아주셨다.

몇 달 동안 연이은 밤샘촬영과 편집으로 6킬로가 빠져버린 우리 감독님.

제주도에서 첫 촬영을 앞두고 고사를 지낼 때 성산봉 앞에서 절하고 돌아 나오며 속으로 부탁했다.

이제 고생하세요, 잘해주세요...

수많은 염들이 있었지만, 그저 말없이 서로를 마주 보았다. 현장에 감독님을 홀로 두고 가는 것처럼 마음이 그랬었다. 그 뒤로 가끔 촬영장에 가면 역시나 안타까운 속 응원 말고는 할 수 있는 게 없었다. 감독님의 손은 나날이 거칠어져 갔다. 63빌딩에서 엔딩 촬영을 하고 전쟁을 끝낸 병사들처럼 서로를 격려했다. 새벽 3시, 겨울바람 속에서 편집실로 떠나는 감독님과 이별하다가 마지막 컷을 외친 울컥함 속에 왜소해진 감독님의 어깨를 안아드렸다. 울지 않겠다고 마인드 콘트롤을 하고 있었는데 그만 울고야 말았다.

아무것도 없는 나를 믿고 20년 직장을 버리고 나와 주신 우리 감독님. 고된 1년을 겪고 이제 더 이상 말이 필요 없는, 눈과 손으로 말할 수 있는 사이가 되어 그저 연민 어린 시선으로 위로를 건네는 감독님의 따뜻함에 나는 울었다.

실패의 역사

SBS 라디오 개국특집을 시작으로 오랫동안 구성작가로 일하다가 스물 여덟에 처음으로 회사에 다니게 되었다. 프리랜서 작가생활만 했던 터라 회사라는 공간에 내 책상이 주어지고 컴퓨터가 생긴 것이 신기했었다. 구성 작가들은 노트북 하나 들고 도서관 메뚜기처럼 이 책상 저 책상을 전전하는 처지라 당연한 일인데도 누군가 나에게 확실한 자기 공간을 부여해주는 것이 신기하고 고마웠다.

일곱 시에 출근하고 새벽 3시까지 일했다. 그러나 드라마는 만들어지지 않았다. 회사는 영화로 방향전환을 했지만 영화 역시 쉽게 만들어지지 않았다.

3년이 흘렀다. 남의 영화에 공동제작으로 끼어들어 설움 받고 단독 제작한 영화는 그 해 최악의 영화가 되었다. 회사를 나왔다.

새로 들어간 제작사는 윗사람들의 싸움판에 휘말려 피눈물 나는 상처만 겪고 역시 아무것도 못하고 나왔다. 그 외중에 공모 당선이 되어 드라마를 쓸 수 있는 기회를 얻었지만 번번이 입봉에 실패했다. 당선작은 어린

소녀의 이야기였는데 당시 서울방송 단막극 프로그램이었던 오픈 드라마
는 남녀상열지사만 만든다는 원칙을 내세우던 때라 당선작은 만들어지지
도 못하고 사장되었다.

그래서 멜로를 하나 썼다. 대본을 수없이 고치고 캐스팅 완료, 내일이
면 촬영인데 오픈 드라마 폐지한단다. 촬영 하루 앞두고 모든 것을 접어야
했다. MBC 베스트에 도전했으나 대본 보고 마음에 든다고 했던 감독이
데스크가 반대한다며 작가를 바꿨다.

아는 언니와 TV 문학관을 같이 썼다. 이번에는 되겠지... 웬걸? 문학관
도 없어진단다. 불특정 편성으로 일 년에 네 작품만 하겠다고 정규 라인업
에서 사라져 버렸다.

나는 지쳐갔다.

단막 입봉도 못하고 미니시리즈에 도전할 기회가 왔지만 감독 교체와
주연배우 펑크의 파란을 겪으며 드라마는 그 해 최악의 드라마가 되어버
렸다.

그리고 10년이 흘렀다.

사장되었던 공모 당선작 〈홀리와 완이〉는 콘텐츠 진흥원의 단막제작지
원을 받아 저예산 영화로 만들어졌고 올해 6월에 개봉한다. 촬영을 하루

앞두고 접어야 했던 〈내 마음의 수선공〉은 2011년 연말에 OBS 창사 특집으로 방영되었다. 울면서 써내려간 단막극 〈가족사진〉은 촬영 중이고 앞으로 새로운 미니시리즈의 캐스팅을 앞두고 있다.

피겨스케이팅 경기를 보면, 통계는 모르겠지만 정말 선수들이 툭하면 넘어진다. 아사다 마오도, 심지어 김연아도 경기 중 넘어진 적이 있지 않은가. 경기를 끝까지 보고 있노라면 안 넘어진 선수보다 넘어진 선수가 더 많았다. 인생에서 넘어져 보기. 그건 우리 인생에서 꼭 필요한, 거쳐야 할 코스다. 넘어져 본, 많이 넘어져 본 사람만이 그래서 다시 일어서 본 사람만이 이게 별일 아님을, 다시 일어설 기회가 있음을 알고 툭툭 얼음가루를 털어내고 다음 회전을 향해 달려갈 수 있다.

자의든 타의든 지금 넘어져 있는 사람들, 빨리 일어나 다음의 점프를 준비하라. 얼마나 평정심 있게 남은 경기를 운영하느냐가 최종 점수 관리의 비법이다.

세월이 나에게 가르쳐준 것이 하나 있다면 하나님은 내가 원하는 것을 원하는 때에 주지는 않으신다. 그러나 참고 기다리면 언젠가는 응답이 온다는 것을 비로소 알게 되었다. 실패의 역사만 써온 나에게도 언젠가는 성공이 허락되리라 믿는다. 내가 포기하지 않도록 할 수 있을 거라고 말해준 사람들, 아무것도 아닌 나를 믿어준 친구들에게 사무치게 감사한다.

무엇이 될 것인가, 어떻게 살 것인가

두 편의 미니시리즈 제작을 끝으로 프로덕션을 접고 나서 앞으로 글만 쓰고 싶다고, 다시는 사업이고 뭐고 판 벌리고 싶지 않다고 하자 어느 작가가 말했다.

– 꼭 글을 써야 하니? 안 쓰면 안 되니? 좋은 제작자가 되는 것도 좋잖아. 나는 니가 작가 안 했으면 좋겠어.

– 왜요?

– 행복하게 사는 것도 소중한데, 작가는 절대 행복한 직업이 아니잖아. 작가는 정말 너무 힘들고, 고통스럽고, 일상의 행복을 다 잃어야 하는 일인데... 꼭 그렇게 살아야 하나. 다른 재주가 있으면 그게 차라리 낫지 않을까... 그런 생각이 들어...

친구들 역시

– 왜 더 열심히 해야지. 쉬고 싶어도 더 자리를 확실하게 잡은 다음에 쉬어.

라고 충고했다.

최고가 되기 위해서는 죽을 만큼 노력해야 한다. 연기파로 소문난 어느 배우는 대본을 백번씩 본다는데 그 얘기 듣고 질리는 기분이었다. 돌아보니 언제나 작가가 되고 싶다고 노래를 불렀지만 전업 작가가 되기 위해 다른 일로만 세월을 보낸 셈이다.

웃긴다.

나는 왜 작가가 되고 싶다면서 글을 안 쓰고 다른 일만 했을까? 나는 온전히 글만 써도 되는 환경을 갖춘다는 핑계로 오랜 세월을 기획과 비즈니스로 보냈고 결국 작가 조현경보다 비즈니스 하는 조현경이 되고 말았다. 작가로서는 이제 시작해야 한다. 내가 원한 것은 작가라는 이름이었는데…

원안을 쓰고 기획한 작품들이 대박을 낼 때마다 그것이 기쁘지가 않고 이상하게 아팠었다. 마음 한구석이 너무나 아파서 심지어 내가 기획한 작품을 보지 않기도 했다. 작품이 방영되는 시간에 일부러 나가서 술을 마셨다. 그 작품들은 실제로는 내가 직접 쓰고 싶은 것들이었다. 그걸 남의 손에 넘긴 것은 나에게 기회를 줄 리 없다는 소심함, 그리고 내가 썼다가 망하면 어쩌나 하는 두려움 때문이었다. 그러나 남이 쓴 성공보다 내가 쓴 실패가 더 값지고 의미 있다는 것을 지금은 알 것만 같다. 그동안 나는 성공하기 위해, 꿈을 위해 노력한 것이 아니라 실패하지 않기 위해 정면승부를 피해 온 것이다. 마치 사랑하는 남자에게 버림받지 않기 위해 애초에 연애를 시작하지도 않는 겁쟁이처럼.

더듬어보니 두 가지가 생각난다. 대학 시절, 휴학했다가 복학한 학교가 너무 좋아서 방학 때도 집에 가지 않고 학교 뒤 선배의 빈집을 빌려 겨울 내내 아무도 안 만나고 혼자서 빈집을 지키며 500권의 책을 읽고 일곱 편의 단편을 썼다. 동기들은 나를 일러 소설공장이라 했다. 그해 겨울에 쓴 소설은 문예지의 최종심에 올라 나를 떨리게 했었다.

그리고 몇 년 전 다니던 회사에서 조직싸움에 휘말려 내가 선택한 사람들로부터 배신당할 때 자다가도 벌떡 일어나 새벽 두 시부터 울면서 써내려간 대본은 나에게 공모 당선이라는 타이틀을 안겨주었다. 글이, 세상이 나에게 반응했을 때는 가장 잘 썼을 때가 아니라 100% 올인 했을 때였다. 온몸과 마음과 영혼을 퍼부었을 때만 세상은 글로써 나와 타자가 소통할 수 있는 길을 열어주었다. 오로지 그 순간에만.

어떤 작가는 일 년 동안 방문에 담요를 치고 두문불출하며 작업하여 베스트셀러를 내놓았고 최근에 재미있게 읽은 열 권짜리 대하소설은 작가가 아무것도 안 하고 십 년 동안 써내려간 대작이다. 그동안 생활고로 아내에게 이혼당하고.

무엇이 되고 그 무엇이 되기 위하여 어떻게 살아야 하는지를 고민하는 나날들, 잠이 오지 않는다.

불쾌한, 그러나 어쩔 수 없는

1

방송국에 나의 시놉이 들어갔다. 시놉을 본 데스크는 제목만 따다가 다른 드라마를 만들었다. 내가 만든 제목으로 나가는 그 미니시리즈를 나는 단 한 번도 보지 않았지만 예고 없는 예고편 방송이나 인터넷, 신문 등에서 그 드라마의 흔적이 스쳐지날 때 마음 한구석이 아팠더랬다.

데스크가 나에게 허락을 구했더라면 나는 오케이했을 것이다. 그러나 데스크는 허락 없이 나의 제목을 가져갔고 그 뒤로 내 눈을 피했다.

2

모 감독과 술을 마셨다. 당시의 나는 공모전에 당선되었지만 아직 드라마가 만들어지지 않아서 세상에 내 자식을 내보내지 못한 작가였기에 혹시나 그 감독이 함께 작업하자고 할까봐 잘 보이려고 무진 애를 쓰고 여러 가지 아이디어를 내놨다. 한 달 뒤 그 감독은 내가 준 아이디어를 자기 드라마에 도용했다.

감독이 나에게 허락을 구했더라면 나는 오케이했을 것이다. 그러나 그는 아무 말도 하지 않았고 그 뒤로 내 눈을 피했다.

3

몇 년 전 한 케이블 방송국과 함께 미니시리즈를 기획했다. 단막 데뷔도 못하고 미니시리즈부터 덜컹 써야 했던 나는 데뷔작의 실패 이후로 공중파가 무서워서 케이블에 먼저 도전하려고 했다. 그러나 아직은 드라마 제작 경험이 별로 없는 그들의 입맛을 맞추는 것이 불가능해서 일 년 동안 애만 쓰다 끝나버렸다. 그들은 나의 시놉을 가지고 있다.

바로 어제, 그 채널에서 나의 시놉 내용 그대로 드라마가 만들어졌다는 사실을 알았다. 케이블 잡지에 보도가 나갔는데 나의 시놉과 주인공 이름만 다르고 거의 비슷한 내용이 소개되어 있었다. 그 시놉은 모 공중파 채널의 호응을 얻어 내년에 편성을 하고 방송을 할 예정이었다. 나는 시놉을 쓰고 100장짜리 회별 줄거리도 쓰고 몇 회 분량의 대본을 끝내고 수정 작업 중이었다. 제작사에 전화를 걸어 이 사실을 알리고 대응책을 논의해 달라고 했다.

그리고 쓰린 속으로 하루를 보냈다. 작가에게 이런 일은 비일비재하다. 위의 세 건 말고도 나에게 분루를 흘리게 한 일들이 많지만 제작준비 중인 드라마의 기획을 채가서 지들이 먼저 만들어버린 일은 처음이라 어찌해야 할지를 모르겠다.

앞일이 지난하다.

작가의 식탁

　드라마가 방영 중인 선배의 작업실을 찾았다. 밤낮 구분 없이 그저 원고가 끝나야 잘 수 있는 생활. 하루에 두 시간 정도 자면서 버티고 있었다. 그 고생에 비해 촬영의 완성도도, 시청률도 안 나와서 안쓰럽기 그지없었는데 의외로 선배는 담담했다. 측근들은 지레 무서워서 전화도 못 할 정도였는데.

　– 그냥 이게 시작이란 생각이 들더라. 끝이 중요해. 내가 어떻게 끝을 내는가가 중요하니까 이제부터 치고 올라갈 거야.

　부끄러웠다. 단막극 촬영이 제대로 안 빠졌다고 울고 불던 내가.

　6개월 롱런에서 이제 겨우 시작임을, 그래서 지금의 아픔을 단단하게 견디는 선배의 의연함이 존경스러웠다.

　주방을 보고 다시 한 번 울컥. 밥을 제대로 먹을 시간이 없어서 밥을 그냥 죽처럼 푹푹 끓여서 머그잔에 부어 마시고 있었다. 컴퓨터 옆에 끓인 밥이 든 머그잔을 놓아두고 커피 대신 마셔가며 버티는 시간들. 그 고독하고 고통스러운 작업의 시간들. 곧 나에게도 다가올 온 에어의 공포.

나 역시 그랬다. 입맛을 잃고 햇반에서 나온 흰 죽과 삶은 계란으로 버티던 그 시간.

바느질하는 재주만 있어도 글은 안 쓴다던 옛말이 서늘하다.

너는 어디까지 벗을 수 있느냐

예술의 전당. 현대의 레오나르도 다빈치라고 불리는 다재다능한 예술가, 얀 파브르의 공연을 보러 갔다. 사전 정보가 전혀 없었던 나는 이 공연이 극단적인 평가를 받는 세계적인 화제작임을 모르고 갔었다.

일단 처음에 놀란 것은 여자 무용수가 다른 무용수에게 실제로 젖을 먹이는 장면이었다. 아기 역할을 하는 무용수라 그럴 수도 있는 일이지만 실제로는 성인이었기 때문에 그 장면이 자연스럽지는 않았다.

그다음에 한 여자가 와이셔츠만 입은 채로 다리를 올리더니 오줌을 쌌다. 그들은 오줌을 국부의 눈물이라 불렀다. 여자가 오줌을 싸는 동안 다른 여자가 유리단지를 들고 와 그걸 받고 그래도 바닥에 떨어진 오줌은 남자가 와서 몸에 바르고 핥았다. 나는 여기서부터 긴장하기 시작했다.

배우에게 무대에서 오줌을 싸라고 시킬 수 있는 감독, 아무리 서양이라고는 하지만 그걸 하는 배우, 그 사이의 소통과 그로 인한 그들의 고통, 과정의 피 흘림이 감지되기 시작했기 때문이다.

그리고 한 남자가 옷을 다 벗고 무대 뒤의 철망을 오르기 시작했고 여자들이 토플리스가 되더니 결국 무대에서 전원이 나체가 되어 춤을 추었다. 포르노와 아트의 구분은 옷을 벗는 행위의 목적성에 있다. 보는 이의 성적인 흥분을 목적으로 한다면 그것은 포르노이고 텍스트의 완성, 주제의 구현에 목적을 둔다면 아트라고 분류한다. 이 무대는 성적인 흥분을 자아내지는 않는다.

인간이 모태의 양수를 벗어난 뒤로는 고통뿐이라는 이 무대의 직설적인 상징이 처음에는 좀 불편했지만 나체로 춤추며 우는 배우들을 보면서 뭐라 설명하기 어려운 부끄러움 같은 걸 느꼈다. 그들은 멋진 몸매만 보여주는 것이 아니다. 뚱뚱한 남자무용수는 아랫배와 성기를 덜렁거리며 희극적인 동작을 보여준다.

예술을 한다는 것은 자기의 모든 것을 보여줄 각오가 되어 있어야 한다. 같이 본 배우들에게 물었다.
– 너희들은 어디까지 할 수 있니? 어디까지 벗을 수 있니?

그들은 아무 말도 못했다.

당장에 대답할 수 없다면 좀 생각해보라고 하면서 스스로에게도 물어봤다.

작가의 치부를 드러내는 것이 글 쓰는 작업이다. 나는 얼마나 드러낼 수 있나... 좋은 것, 아름다운 것만 보여주려고 기를 쓰고 가리지는 않았나...
세상은 속지 않을 텐데...

얀 파브르, 눈물의 역사.
내가 어디까지 벗을 수 있는지 질문을 던져준 무대였다.

3_작가의 방

100장을 쓰고 나서

서른 장의 시놉을 쓰고나서 다시 회별 시놉에 도전, 조금 전에 100페이지를 완성하여 제작사에 보냈다. 대본은 아니지만, 어쨌든 이야기의 줄기를 끝까지 완성하고 나니 뿌듯하고 허탈하고 괴롭다. 뿌듯함은 어쨌든 완성의 성취감에서 나온 것이고 허탈함은 뭐든지 이뤄내고 나면 따라오는 감정이며 괴로움은 이 글 더미에서 보이는 나의 모자람에서 온다.

가장 많이 도드라지는 것은 여주인공의 캐릭터가 가지는 문제점. 그녀는 너무나 소극적이고 수동적이며 매사에 반응만 보인다. 액션 없이 리액션만 있는 캐릭터이다. 원하는 것을 향해 갈 줄 모른다. 다만 밟히면 꿈틀! 한다. 모욕을 용서하지 않는다. 이런 여자, 사랑스럽지 않다. 보는 이들이, 극 속의 남자들이 이 여자를 사랑하게 만들어야 하는데 그 방법을 모르겠다. 그 주인공의 하자가 마치 나의 하자인 것 같아서 심장이 따끔거린다.

쓰다가 너무 힘들면 자보려고 누웠다가 그래도 잠이 안 와서 다시 일어나 쓰기를 반복하니 날이 샜다. 이런 식으로 계절을 보낸다.

모든 작가들이여, 건투를!

첫씬을 쓰기 위하여

벌써 몇 주 동안(아마 3주 정도 된 것 같다) 첫씬을 쓰기 위한 인고의 시간을 보내고 있다. 사실은 프롤로그를 몇 씬 썼는데 생각했던 이미지보다 약해서 괴로워하는 중이다. 다른 드라마들의 1부를 어떻게 썼는지 보려고 〈이 죽일 놈의 사랑〉과 호평받은 〈부활〉과 신드롬을 일으킨 〈내 이름은 김삼순〉의 1회 대본을 각각 읽어보았다. 그 중 김삼순 대본은 그냥 16부까지 다 읽어버렸다.

선택해야 한다는 걸 안다. 드라마가 멜로라면 멜로에 중심을 놓고 가야 한다. 그런데 나는 멜로로 줄기를 잡아놓고 씬구성은 가족 드라마로 짜놓았다. 한마디로 머리와 가슴이 따로 논다는 말씀.

요즘 드라마들이 얼마나 독한지 노말하게 써놓으면 심심해 보인다. 지적이고 우아하고 정서적으로 표현해보고 싶은 나의 욕심은 그저 밋밋한 망설임의 나열인 것 같은 자괴감에 작업은 진도를 못 나가고 있다.

결막염으로 쓰라린 눈동자를 하고서도 그래도 써보겠다고, 아니 써야 한다고 모니터를 들여다보며 한승원 선생님을 생각한다. 대학 졸업반 때

한 학기 동안 소설을 가르쳐 주셨던 분인데 편찮으셨던 시절의 이야기가 기억에 남아 있다. 허리에 부목을 대고 책상에 앉지를 못해 서서 글을 쓰셨다고 들었다. 미국 소설가 스티븐 킹도 교통사고 후유증으로 죽어갈 때 그의 아내가 침대 위로 앉은뱅이책상을 가져다주었다.

나는 그들처럼 위대하지도 독하지도 못해서 아픈 몸으로 책상 앞에 앉아 있으니 서럽고 한심한 기분이 든다. 그들은 죽음 앞에서 글쓰기로 버티며 살아났으나 나는 무엇으로 버틸 수 있을까. 아직 죽을 만큼이 아니라서 엄살을 떠는 걸까...

샴페인을 위하여

작업일지 1

　언제부터 썼는지 기억도 잘 안 난다. 아마 일 년쯤? 현재 절반 정도 쓴 소설. 2주 전에 출판사와 계약했고 계약서대로라면 나는 180일 이내에 출판 가능한 완본을 넘겨줘야 한다. 계약하고 나서 거의 안 쓰고 놀다가 오늘 두어 장 진도 나갔다. 목표는 다음 달까지 초고 완성. 왜냐하면 이걸 빨리 다 써야 다른 걸 쓸 수 있으니까. 드라마 계약도 새로 추진 중이고 만져야 하는 기획도 많은데 언제까지 이 소설에 매달려 있을 수가 없다.

　남녀를 헤어지게 만들어야 하는데 연인들은 아직도 열애 중이다. 원래 쓰려고 생각도 안 했던 키스신이 들어갔다. 러브 시퀀스는 이제 더 안 넣어도 된다고 판단했는데 글이라는 것은 이상도 하지. 내가 쓰는데 내 맘대로 안 된다. 그와 그녀를 더 사랑하게 놔둬야 하나 보다.

　미스터리 칙릿이라고 스스로 만들어낸 장르의 소설을 쓰면서 깨달은 것 두 가지. 나는 순수문학작품보다 대중소설에 맞는 그릇이구나. 그러나 대중소설 쓰기도 순수문학작품 쓰는 것만큼 어려운 일이구나. 스스로에 대해 절망하고, 내가 긴 글을 쓰기에는 너무 무식하고 세상을 모르고 인간을 모른다는 것을 절감하며 그래도 쓰자. 그래서 세상에 내놓자. 욕먹고 나아지자. 이런 결심으로 쓰고 있는 글이다.

게으름을 부리는 나를 점검하고 채찍질하기 위해 작업일지를 쓰면서 매일매일 조금씩 진도를 나가 언젠가는 〈끝〉이라고 쓸 수 있게 하고자 한다.

작업일지 2

연말연시의 유흥과 휴가를 모두 반납하고 집에서 글만 쓰며 보냈다. 정확하게 말하면 글쓰기의 괴로움에서 도피하고자 〈그레이 아나토미 시즌 2〉를 보면서 보낸 시간이 더 많지만서두. 어쨌든 딴짓 안 하고 두문불출한 것은 사실이다. 노트북 자판을 치는 시간보다 도무지 이걸 어떻게 써야 하나 괴로움에 절어 두 팔로 이마를 고이고 보낸 시간이 더 길지만 어쨌든 7부를 다 썼다. 분량상으로는.

불륜과 살인이 일어나는 이 이야기를 쓰면서 깨달은 바는 내가 연한 사람이구나… 연한 사람이 진한 이야기를 쓰려니 고역이구나… 더 적나라하게 이야기하자면 나는 사람을 이해할 수는 있으나 그 속으로 들어가 보질 못해서 그 속을 묘사할 수가 없다.

30대를 온통 두려움에 떨며 보낸 대가다. 아픔이 두려워, 고통이 두려워 도망만 다니며 보낸 세월, 나는 이렇게 어정쩡한 작가가 되어 있다. 너무 엉망이라 출판이 못 되어도, 혹은 출판이 되어 개망신을 당해도, 이 뼈저린 통한만은 의미가 있다.

너는 도대체 뭐 하고 살았니... 응?

작업일지 3

처녀작 〈샴페인〉을 출간하고 나서 왜 세상에 내놓는 첫 작품을 처녀작이라고 하는지 알게 되었다. 그것은 정말 첫사랑과 닮아 있었기에... 가슴이 떨렸고, 부끄러웠고, 살갗은 온통 긴장으로 예민해졌다. 연인의 반응을 궁금해하고, 그의 진심을 확인하고 싶고, 얼마나 사랑하는지 얼마나 오래가는 진정인지 알고 싶었던 마음처럼.

20대에는 좋은 책을 읽고 좋은 영화를 보는 것만으로도 충족감을 느꼈다. 30대에는 남의 작품에 박수치는 것 말고 내 작품을 세상에 내보내고 싶은 열망에 텍스트 읽기가 공허해지기도 했다. 그러다 막상 책 한 권을 쓰고 나서 부들부들 공포에 떨었다. 세상에 쓰레기 하나 보태는 일이 될까 봐.

누가 읽을 것이며, 얼마나 소통하게 될 것이며, 어떤 소감을 듣게 될지 몰라, 매 순간 촉을 세우고 마음을 앓았다. 나를 모르는 사람이 이 책을 읽는 건 괜찮지만 사랑하는 친구들이 보게 된다고 생각하니 얼굴이 달아오른다. 어쩔 수 없이 내보이게 될 내 마음의 속살이 부끄러워서. 그래도 계속 나를 사랑해줄 건지 자신이 없어서.

완벽한 작품을 쓰고 싶어 오랫동안 기회를 미루어왔다. 그러나 이렇게 부족한 작품도 자꾸 세상과 소통하다 보면 언젠가는 내가 원하던 지점에 가 닿을 수 있다고 믿어보기로 했다. 비판과 상처를 두려워하면 진보를 얻을 수 없다는 아프지만 당연한 진리를 새삼 깨닫는다. 결국 책은 세상에 나왔고 과분한 칭찬과 때로는 아픈 일침을 맞으며 점점 퍼져가고 있다. 비로소 나는 알게 되었다. 처녀작을 내게 된 기쁨을, 소통의 행복과 불통의 아픔을.

　– 진심으로 모든 걸 바쳐서 사랑할 수 없는 사람은, 결코 훌륭한 일을 할 수 없소. 예술은 무한한 애정의 표현이기 때문이오. (이중섭)

　사랑할 수 있어야 글도 쓸 수 있다. 사랑은 아프고 작업은 고통스러운데 그래도 가야 한다.

버지니아 울프를 떠올리며

누군가 좋은 사람이 있다. 외로우면 그 감정이 증폭된다. 누군가 나를 좋아한다. 외로우면 별로 좋지도 않으면서 받아준다. 외로우니까! 그래서 나중에 문제가 복잡해진다. 외로움이 나를 속여서 실제의 감정보다 늘 과장되게 현상을 이끌어가기 때문이다. 상대방도 화를 내기 마련이다. 어라, 얘가 좋은 척하더니 결국 거절하네, 이러면서... 보고 싶지도 않은 사람을 심심해서 만나러 가거나 외로워서 나를 찾는 사람이면 그냥 허용해주는 경우가, 가끔 있다.

언제나 옳은 선택을 하려고 애쓰면서 산다는 건 어떤 의미에서 피투성이가 되는 일이라고 누군가는 말했다. 진실에 대한 피로도를 이야기한 사람도 있지만 스스로를 기만하지 않기 위해 늘 곤두서 있는 내가 때로 피곤하다. 똑바로 사는 것과 즐겁게 사는 것은 다른 길이다.

디 아워스. 세월.

버지니아 울프는 지극히 사랑해주는 남편이 있었지만 결국 자살했다. 소통 불가능의 삶에 대한 절망이라고 나는 봤다. 남자들은 죽었다 깨나도 잘 모르는 이유. 이 영화를 본 대부분의 남자들은 그녀가 왜 죽는지를 모른다.

요즘 그녀를 아주 구체적으로 이해하기 시작했다.

친구는 (연인도 마찬가지) 생활을 나누고 소통이 되어야 한다. 내 삶의 가장 큰 딜레마는 글쓰기의 좌절인데 이건 혼자 넘어야 하는 산이라서 아무에게도, 그 누구에게도 이 고통을 말할 수 없다. 오로지 작가들만, 창작자들만 안다. 그럼 그 소수의 이해자들 가운데 같이 생활을 나눌 수 있어야 하는데 이게 또 서로 시간이 맞고 여유가 비슷해야 함께 즐길 수 있어서 어깨가 맞는 사람을 구하기가 어렵다.

결국 작가는 고독하다.

오랫동안 베스트였던 친구가 있다. 그에게 정작 내 고통을, 가장 중요한 고통을 말할 수가 없었다. 그는 모르는 세계, 알지 못하는 고민이므로. 결국 멀어질 수밖에 없었다. 사랑하지 않아서가 아니라, 그냥 안 되는 것이다. 그 이별도 아팠다. 격렬한 별리보다 덜할 것도 없었다. 이 고통과 고독이 부끄럽지 않은 글을 써야 할 텐데... 친구들이 겨우 이런 거나 쓰려고 그 엄살을 떨었어? 이렇게 말할까 봐 무섭다.

작품보다 자살로 끝맺은 생애가 더 유명한 또 한 명의 작가로 실비아 플라스도 떠오른다. 테드 휴즈와의 이혼 후 가스 오븐에 머리를 집어넣고 자살해버린 실비아 플라스의 비극적 생애에는 어떤 미스터리와 매혹 같은 것이 있어서 그 이름에는 늘 무언가 따라다니는 여운이 있었다. 이제 생각해보면 그녀가 배신당한 여자이기 때문이었다. 나는 늘 사랑했으나 보답 받지 못한 여성의 운명에 매혹 당했다.

자전적 소설로 평가되는 실비아 플라스의 유일한 소설 〈벨자〉를 읽어보면 아버지를 여의었지만 예민하고 머리가 좋은 수재 여학생이 자기의 빛나는 자질에 비해 안 따라주는 환경과 주변인들 때문에 상처받고 분열되는 과정에서 그녀가 선택한 엔딩의 원인이 보이는 듯하다. 〈벨자〉에는 관계가 나오지 않는다. 여주인공만 있다. 그녀는 관계를 맺을 줄 몰랐다기보다 관계를 맺을 만한 사람을 만나지 못했다. 가없다. 그 고독.

새벽 다섯 시.

세시 반부터 깨어 서성이다가 자, 이제 오늘분의 집필을 시작하자고 스스로를 북돋아본다.

크리스마스다.

아이러니

1. 연애

우리는 사랑의 구속을 견딜 수 없다. 그러나 사랑이 없는 고독도 견딜 수 없다.

왜 애인이 없어요? 연애는 안 해요? 싱글들이 종종 듣게 되는 질문이다. 사귀는 사람이 생기면 언제 결혼해요, 결혼하고 나면 애는 언제 낳아요, 첫아이를 낳고 나면 둘째는 안 가져요가 정해진 질문의 수순인데 나는 아직 첫 번째 질문에서 헤어나오질 못하고 있다. 그래서 연애를 못하는 이유를 차근차근 설명해주어야 한다.

– 좋아하는 남자가 전화해서 만나자고 하면 안 만나. 이미 글쓰기로 기력을 소진한 뒤라 씻어야 하지, 차려 입어야 하지, 화장해야 하지, 나가서 긴장하고 앉아 있어야 하지… 그 남자가 좋아도 그 과정이 싫어. 귀찮아. 그래서 그냥 바쁘다고 하고 집에 있어. 이번에는 내가 안 좋아하는 남자가 전화를 해. 잘 보일 필요가 없는. 그럼 그냥 집 앞으로 오라 그래. 그래서 머리도 안 감고 야구 모자 눌러쓰고 맨얼굴에 츄리닝 입고 나가서 밥만 먹고 들어와. 왜냐고? 작가도 사람이니까, 외로우니까 타인이 필요하거든.

가끔 집밥이나 배달음식 말고 다른 맛있는 음식도 먹고 싶고. 그래서 좋아하는 남자는 못 만나게 되고 별 마음도 없는 남자만 계속 보게 되는 악순환이 일어나는 거야.

그러면 대부분 사람들이 에이, 그럴 리가 있느냐. 다 정말로 좋아하는 사람을 못 만나서 그런 거라고 위로 아닌 위로를 한다. 그러나 같은 노처녀들은 박장대소하며 공감을 표현한다. 맞아, 맞아! 손뼉 쳐 가면서. 나는 대부분의 미팅을 집 앞에서 소화한다. 작가의 동선을 줄여주려는 주변의 배려도 있고 내가 멀리 나가서 만나야 하는 관계는 아예 만들지도 않는다. 왜냐고? 피곤하니까! 아침에 기상해서 새벽 두 시, 혹은 서너 시까지 작업하고 하루에 네 시간도 제대로 못 자는 게 작가의 삶이다. 작가가 정신노동자인 줄 알면 착각이다. 작가는 육체노동자다. 그것도 극심한.

2. 작업

글을 쓸 때면 글에서 도망가고 싶다. 그러나 글을 쓰지 않을 때면 글을 쓰고 싶어 미치겠다.

귀한 휴일. 집에 있으면 청소도 해야 하고 설거지도 해야 하고, 음식물 쓰레기도 비워야 하고, 내일 출장 갈 준비도 해야 하고... 아무튼지간에 할 일이 너무 많아서 글을 쓸 수가 없다. 독신인 나의 삶이 이럴진대 주부 역할과 작가 역할을 다 해내야 하는 유부녀들의 일상이 얼마나 바쁠지 가히 짐작이 간다.

하여 나는 집안일을 피해 사무실로 도망간다. 글쓰기에 집중해보려고. 그러나 잘 안 된다. 한 시간 정도 쓰고 나면 머리가 너무 아프다. 소파에 누워 만화책을 보고 독서 노트를 정리하고 중국집에 저녁을 시켜 먹는다. 글은 안 쓴다. 그토록 쓰고 싶어 했으면서.

주문한 짜장면을 기다리는 동안 일본 만화 〈명가의 술〉을 보면서 노력한다는 것, 무엇을 만든다는 것의 어려움을 생각했다. 스물두 살짜리 아가씨가 술을 만들기 위해 벼농사부터 시작해서 죽을 고생을 다하는 이 이야기는 게으른 작가를 저도 모르게 반성하게 만든다.

혼자서 일 년 내내 농사짓고 사람들과 싸우고 미친 듯이 술에 다가가기 위해 애쓰는 주인공의 열정. 취재도 싫어하고 어떻게 하면 앉아서 빨리 쓸 수 있나만 궁리하는 나 같은 게으른 작가에게 술의 신과 결혼한 것 같은 이 젊은 여자의 열정은 확실한 자극이 되었다. 술 한 병 만드는 데도 이렇게 영혼과 마음을 바쳐야 하는데 하물며 감동을 주는 글이란, 작품이란 정말로 목숨을 바쳐가며 써야 하는지도 모른다.

책 속에 길이 있다. 그러나 지금은 짜장면을 먹어야겠다.

사랑의 아픔

　여태까지 멜로가 잘 안 돼서 죽을 맛이었는데 사랑의 아픔에 관해 이야
기하는 대목에서 자판이 춤을 추듯 단숨에 써졌다. 그리고 깨달았다. 나는
사랑의 기쁨을 다 까먹고 사랑의 아픔만을 기억한다는 것을…

　사랑이 시작되고, 한참 진행되는 달콤한 시간을 이제 믿지 않는 것이다.
사람의 마음이 변하고, 약속이 깨지고 믿었던 사람한테 배신당하고, 이별
의 예감에 울면서 매달리고 후회하고 서로를 후벼 파는 고통스런 장면들
이 생생하게 써졌다. 순식간에 여섯 장을 쓰고 나서 문득 겁이 났다. 내 안
에 고인 그 아픔들이…

　한번 생긴 사랑은 어디로 가는 것일까. 이제는 이별한 사람을 생각하며,
흔적도 없이 사라져버린 사랑을 떠올리며 에너지 보존의 법칙에 의문을
가졌었다. 사랑도 일종의 에너지인데, 그 사랑 어디로 갔을까. 그 에너지
들은 우주의 어느 곳으로 사라진 것일까.

　사랑이 오면 시를 썼고 그 사랑이 떠나면 소설을 썼다. 이제 그 무엇이
나로 하여금 글을 쓰게 하는지.

내게 사랑이 남아 있다면 마지막 사랑 한 번이었으면 좋겠다. 누군가를 만나서 또 이별할 힘이 나에게 있는가...

사랑의 아픔은 둘 중에 누구 한 사람이 먼저 죽는다는 것을 깨닫는 순간 부터 시작된다고 말한 사람은 레마르크였다. 〈개선문〉의 주인공 라비크와 조앙 마두가 소설 속에서 소주 마시듯 자주 마시는 게 칼바도스라는 술이다. 그게 어떤 술인지 엄청 궁금했는데 나중에 힐튼 호텔 바에서 메뉴판에 칼바도스가 있는 걸 발견하고 반가워서 그 술을 시켰다. 맛은... 별로였다. 그때 같이 있던 사람은 칼바도스가 원래 싸구려 술이라고, 그래서 전시의 주인공들이 그 술을 자주 마신 거라고 설명을 해주었다. 기억은 남았으나 그 사람은 가고 없다. 사랑의 추억들은 곳곳에 배어 있는데 말이지.

여자가 보석을 좋아하는 이유

어떤 남자가 말했다.

— 여자들은 보석에 약하지.

나는 대답한다.

— 저는 아닌데요.

— 아니야, 너두 그럴 거야.

— 저는 보석보다 사람에 끌리는데요.

— 너두 받아보면 달라질 걸...

묵묵부답.

뭐 금반지 정도야 받은 적 있지만 보석이랄 것까지는 없는 것이어서 할
말이 없었다. 보석을 받아봤어야 내가 정말로 약한지 아닌지 알지. 아닐
거라고는 생각하지만 내가 경험하지 못한 바를 우겨댈 수는 없어서 더 이
상 논쟁하지 않았다.

그런데 헤어지고 나서 대꾸가 생각나 문자를 보냈다.

– 여자들은 보석이 좋은 게 아니라 보석을 주는 그 마음이 좋은 거예요.

답장이 왔다.

– 빙고.

회심의 미소를 짓는데 옆에 있던 동료가 한마디 던진다.

– 야, 아냐. 그냥 보석이 좋은 여자도 있어.

아무튼지간에 남자한테는 뭘 함부로 받는 게 아니다. 반드시 대가가 있다.

무례한 남자들

출판사에 갔다가 일 이야기를 끝내고 인사동에서 뒤풀이를 하는데 옆자리의 손님이 끼어들었다. 내 직업을 알고는 열심히 나를 가르치려 들었다. 주인장의 손님이었기에 예의를 다해 들어주고 웃어주었다. 그러나 이 사람, 그칠 줄 모른다. 우리 일행의 화제에 관심이 있고, 그가 외롭고, 대화가 필요한 것은 알겠다. 그럼, 상대방에 대한 관심에서 출발해야 하지 않나? 왜 상대방이 어떤 사람인 줄도 모르면서, 어떤 수준인 줄도 모르면서 남을 가르치려 드는지?

얼마 전 집 근처에 찾아온 손님들 중에 초면인데도 불구하고 자신에 대한 정보는 아무것도 안 주면서 작가인 나를 두고 글을 잘 쓰려면 이래야하고 저래야 하고를 가르치는 남자가 있어 확! 밟아주려다 참은 기억이 떠올랐다.

지들이 뭔데?

모든 남자가 그런 것은 아니지만 많은 남자가 자기만 있고, 상대방은 없고, 소통을 원하면서 자기자랑만 한다. 자기 이야기를 하는 건 차라리 낫다.

자기가 아는 이야기만 하는 남자들이 주는 지겨움. 자기의 이야기를 하면서 상대방의 관심을 끌려면 자기가 아는 것, 가진 것, 잘난 것을 자랑할 게 아니라 자기가 모르는 것을 물어보고, 상처를 드러내고, 고통에 공감해야 한다는 것을 그들은 왜 그토록 모르는지.

그리고 나는 묻고 싶다. 몇 년 동안 고시 공부해서 판검사 된 사람들 앞에서는 법으로 잘난 척 안 하면서, 의대 나온 의사들 앞에서도 의학에 대해 미주알고주알 떠들지 못하면서 오랫동안 습작하고 공부해서 작가가 된 사람들 앞에서는 왜 글에 대해, 방송에 대해 잘난 척하는 사람들이 그렇게 많은지. 당신들이 호오를 말하고, 비판할 수는 있지만 작가를 가르칠 수는 없잖아? 인생을 가르친다고? 그건 함부로 할 수 있는 관계가 아닌데 왜 처음 만난 작가를 가르치려 드는가!

나는 고수도 못되고 대가도 절대 아니지만 처음 만난 아무한테서나 가르침을 구할 만큼 구차하지는 않다.

자존심.

작가에게는 자존심이 있다.

그건 누구에게나 있지만 나는 적어도 페인트공에게 페인트칠을 가르치고 가수에게 노래를 가르치려고 하지는 않는다. 다만 그 노래가 좋다, 싫다 말할 수 있을 뿐.

와인 잔을 깨다

설거지를 하다가 싱크대 위에 놓인 와인 잔을 바닥에 떨어뜨렸다. 말간 와인 잔은 마치 영화의 슬로우모션처럼 천천히 떨어져 산산이 부서졌다. 파편들이 폭죽처럼 터지고 바닥은 금세 유리조각의 바다가 되었다.

와인 잔 하나가 깨졌을 뿐인데 어떻게 그렇게 많은 조각이 나올 수 있는지 신기할 따름. 아무것도 못하고 잠시 망연하게 잔해들을 바라보았다. 발에 찔릴까 봐 실내화를 찾아 신고 비질을 하는데 문득 슬퍼졌다.

며칠 전, 외출하고 돌아오는 길에 어이없는 일이 있었다. 문을 열어두고 나갔던 것. 첨엔 도둑 든 줄 알았다. 그냥 내가 정신없이 나가느라고 문을 열어놓고 나간 것이었다.

문을 열어놓고 다니고 눈앞에 뻔히 보이는 잔을 깨고. 집중력이 떨어진 탓이다. 의사는 나더러 제정신이 아니라고 했다. 자기 정신으로 사는 것이 아니니 일을 접고 쉬라고. 그게 안 되면 줄이라고.

하지만 쉬면 누가 나의 밥을 벌어주는지. 극단적으로 표현하면 쉬어도

죽고 쉬지 않아도 죽는다. 생을 책임져야 하는 자들의 고단함이란 다들
비슷할 것이다.

  며칠 전에 통화한 후배도 과로로 징징거렸다.
  ― 언니, 의사들 너무 싫어. 쉬라고 하는데 쉬면 누가 책임져 주냐고. 누
가 나한테 돈 준대?

  그냥 일 끝나고 놀러나 가자고 위로했다.

  현대인은, 서울에서 사는 사람은 과로사의 위협을 일상처럼 끌어안고
살게 된다.

생일 단상

　생일이다. 엄마가 어젯밤에 미역국을 끓여주러 오셨다. 음식 솜씨가 뛰어난 전라도 여자였던 엄마… 이제 늙으셔서 솜씨가 예전 같지 않다. 나는 아직 엄마의 손맛을 배우지도 못했는데… 엄마의 음식 가운데 가장 감동적으로 기억하는 메뉴는 고추 물김치. 우선 잘 생긴 홍고추와 파란 풋고추를 준비해서 칼집을 넣어 고추씨를 빼낸다. 씨를 비워낸 고추 안에 무, 홍당무, 미나리 등 각종 야채를 채썰어 버무린 속을 넣어 벌어지지 않도록 실파로 묶어 마무리한다. 체에 내린 고운 고춧물에 담가두고 익혔다가 상에 낼 때는 하나씩 꺼내어 자르고 잣을 띄워내는 김치다. 빛깔과 모양, 맛. 어느 한 가지 하나 나무랄 데 없는, 손이 많이 가는 음식이다. 어려서는 계란 흰자와 우유를 휘핑해서 아이스크림까지 직접 만들어주시던 엄마. 학교에 갔다 오면 카스텔라나 핫케익, 도넛… 가게서 산 게 아니라 직접 만든 간식을 준비해놓고 기다리고 계셨다. 나는 엄마가 오늘은 무슨 간식을 만들어놨는지가 궁금해서 친구들과 놀지도 않고 날마다 쉬지 않고 뛰어서 집에 왔다. 아침에 일어나서 청소를 하고 저녁에 자기 전에 한 번 더, 하루에 청소를 두 번이나 하시던 엄마. 솥이나 냄비를 반짝거리게 닦아서 부엌 벽에 자랑스럽게 걸어두던 엄마. 집에만 있을 때도 고운 화장을 빠뜨리지 않던 엄마. 어린 딸에게 옷 한 벌을 사줘도 시내에서 가장 좋은 양장점에 데려가 최신 유행하는 옷을 맞춰 입히던 엄마. 나는 옷이 많지는 않지만 좋은 옷을 가진 아이였다. 스승의 날이 되면 꽃집에서 꽃바구니를 맞춰 보내는 게 아니라 집에서 직접 꽃다발을 만들어주셨다. 학교 선생님들께 봉투를 드린 적은 없지만 학기가 끝나면 손수 뜬 스웨터를 선물하는 것으로 정성을 표했다. 1등을 하면 용돈을 주는 대신 나무가 울창한 광릉수목원에 데려가 추억을 만들어주셨다. 여름밤, 동생과 함께 잡아온 다슬기를 된장 물에 삶아 바늘로 쏙쏙 빼먹던 기억들.

예뻤던 엄마는 오랜 고생으로 나이보다 더 늙으셨다. 엄마의 성긴 머리칼, 얼굴과 목의 주름, 검게 변해가는 살갗, 피로와 근심으로 더 작아진... 그녀. 미역국을 뜨다가 목이 뜨거워졌다.

 - 엄마, 늙어서 슬프지?
 - 응.
 - 우리 엄마 이뻤는데...
 - 생각하면 인생이 슬퍼. 죽도록 일하고 이제는 병들고.

나도 늙어갈 테지만, 새삼 엄마의 늙음이 아프고 서러웠다. 엄마와 딸의 관계에서 갈등도 있었고 서운한 것도 있어 서로에게 상처를 주기도 했지만 그 관계를 떠나 한 여자로, 한 인간으로 바라보면 우리 엄마는 참 가여운, 너무 가여운 사람이다.

어떤 작가가 말했다. 부모를 한 인간으로 바라볼 수 있으면 성숙해진다고, 그리고 좋은 글을 쓸 수 있다고.

나도 이제 좀 성숙해지려는지...

원작을 읽고, 각색된 드라마를 보고, 무대에 올려진 연극까지 보게 되는 경우는 흔치 않다. 음... 강풀의 순정만화 정도가 있겠군. 원작과 영화와 연극을 다 보았으니.

오랜 세월 연을 이어온 배우 친구 시은이 출연한다기에 서래 마을 사시는 어느 감독님과 후배 피디와 배우 한 명. 그러니까 감독, 작가, 배우, 프로듀서로 조합된 관객 집단을 이끌고 실로 몇 년 만에 대학로에 나갔다. 연극은 다소 길고 나 같은 스트레이트한 캐릭터들은 이해할 수 없는, '아니 왜 서로 말을 하면 되지 왜 저렇게 말을 안 하고 못하고 질질 끈대?' 식의 답답한 전개가 복장을 터지게 만들지만 일행들은 각자 다른 이유로 질질 울면서 공연을 보았다.

나는 세 번이나 눈물을 흘렸다. 창피하게.

눈물이 가장 선명했던 대목은 이자카야에서 알바를 하면서 주말엔 프로레슬러로 뛰는, 사유리의 고백 장면이다. 레슬러인 직업이 말해주다시피 여성적인 외모라고는 할 수 없는 그녀는 링 위에서의 캐릭터도 악역이다 보니 평소에도 자신의 여성적인 속내를 드러낼 기회가 별로 없는 그런 여성이다. 여주인공의 절친으로 두 사람의 결혼과 이별을 지켜보며 이혼 후에도 재결합을 유도하기 위해 애써왔는데... 남자에게 새로운 여인 가쓰미가 생겨서 친구 커플의 관계가 위기에 처하자 오랫동안 감춰 두었던 연심을 토로한다. 자신의 사랑을 인정받기 위해서가 아니라 두 사람의 사랑을 회복시키기 위해서.

– 나는 오랜 시간 동안 리히치로를 좋아해왔어. 너를 생각하다가 밤을 새기도 했지. 하지만 내가 그토록 사랑한 것은 리히치로 네가 아니라 하루의 마음속에 있는 너, 하루가 그토록 사랑하는 너였어. 나는 아무것도 바라지 않아. 그저 두 사람이 다시 잘 되기를 바랄 뿐이야. 두 사람의 행복을 빌어주는 것, 짝사랑하는 자의 운명이란 그런 것이야. 친구의 몫이란 그런 거라고!

얼마나 아픈 사랑인가. 얼마나 귀한 우정인가.

두 사람이 솔직하게, 성숙하게 서로를 들여다보면 좋았을걸. 너무 겁을 내며 빙빙 돌아오는 바람에 둘 사이에 얽힌 수많은 남녀가 상처를 입어야 했다. 그래서 같이 본 사람들은 두 주인공에게 짜증을 내기도 했는데, 개인적으로 이 연극은 나에게 중요한 계기가 되어주었다. 지나간 내 사랑들이 무엇이었는지 정리할 수 있는 깨달음의 시간이었기 때문이다.

공연을 보고 나서 오랜 사랑을 놓쳐버린 사람들이 모여 새벽까지 술을 마셨다.

동파의 아내

두 권짜리 역사 로맨스 소설을 쓰기로 하고 출판사에 한 권 분량의 원고를 넘겼다. 남은 한 권이 도무지 진도가 나가지 않아 괴로워하다가 서점에 나갔다. 다른 작가들이 써낸 책을 구경하려고.

그때에 산 몇 권의 책 중에 흑산이 있었다. 한동안 묵혀두었다 사나흘 동안 내리읽는다. 역시... 조용한 한숨과 감탄이 나온다.

처절한 천주교 박해의 역사, 서로를 새로운 세계로 이끌어간 천재들, 시대를 앞서 간 선각자 정약용 형제와 그 가족들의 눈물겨운 생존과 배교의 역사가 아무런 감정 없이, 객관적으로, 그러나 그래서 더 무게 있게 서술되어 있다.

새삼 놀란 것은 수탈의 참혹함이다. 콩 한 포기, 고등어 한 마리에까지 세금을 매겨 백성을 주리게 만드는 가공할 수탈의 역사에 기가 찼다.

– 무릇 배고픔을 면하자면 오직 먹어야 하는데, 하고많은 끼니 중에서도 지금 당장 먹는 밥만이 주린 배를 채워줄 수가 있습니다. 아침에 먹은

밥이 저녁의 허기를 달래줄 수 없으며, 오늘 먹는 밥이 내일의 요기가 될 수 없음은 사농공상과 금수축생이 다 마찬가지인 것입니다. 똥이 되어 나간 밥이 창자를 거슬러서 되돌아올 수 없으므로, 눈앞에 닥친 끼니의 밥과 지금 당장 목구멍을 넘어가는 밥만이 밥이고 지나간 끼니의 밥은 밥이 아니라 똥입니다. (p.23)

자영업자의 60%가 문을 닫거나 줄여야 한다는 작금의 대한민국, 절반 이상이 자신을 하층민으로 여긴다는 이곳이 아득한 그 시절의 주림과 닮았다고 생각하는 건 오버일까? 김훈 선생님을 작가로서 연모하는 나는 일산에 일이 있어 갔다가 간혹 지나가는 그분을 보면 아직도 가슴이 뛴다. 연필로 작업하신다는 것도 알고 작업실이 어딘지도 알기에 문득 용기가 나면 정갈한 연필 한 타스를 사 들고 좋아하신다는 커피도 준비해서 수줍은 방문을 해볼까... 가끔 생각해보는 것만으로도 상기가 되었다.

그런데 나 같은 생각을 하는 사람이 많았던지 그분의 작업실에는 선물로 받은 연필들이 산처럼 쌓여있단다. 남들 다 하는 짓이라면... 나는 그만 둬야겠다.

누군가에게 들은 김훈 선생님의 일화 한 토막.

예전에는 대개의 문인들이 그렇듯이 형편이 어려우셨단다. 집에 후배들이 찾아와 아내에게 술상을 부탁했더니 술은 있는데 안주가 초라했던 모양이다. 이윽고 후배들이 돌아간 뒤 소동파의 아내는 남편의 손님을 대접

하기 위해 머리칼을 팔았다는데 어떻게 이렇게 접대가 소홀하냐고 나무라

셨는데... 사모님 왈,

    – 당신이 동파만큼 잘 써?

    김훈 선생님... 아무 말씀도 못하셨다고...

추어탕 집 남녀

자식들 중 아무도 시집·장가를 안 가서 며느리 없이 설 치르느라 혼자 고단한 엄마 생각에 빨리 본가에 가려고 했지만 새벽 세시까지 일해도 원고가 안 끝나서 기어이 넷북을 싸들고 본가로 갔다.

설 하루 전날, 엄마랑 전 부치고 나물해서 차례 지내고 다음날 집에 오려는데 한 동네 사는 사촌 언니가 밥을 사겠다고 해서 추어탕 집을 갔다. 술을 즐기지 않는 우리 집 남자들과 달리 만나면 음주 모녀가 되는 엄마와 나를 위해 언니가 해장을 시켜 주겠다고 한 것이다. 아빠와 엄마, 사촌 언니와 내가 아빠의 지인에게 추천받은 추어탕 집에 처음 갔는데 식사시간이 아니라서 그런지 테이블 손님은 두 자리뿐. 그것도 각자 혼자 온 손님이었다. 한가운데 테이블을 차지하고 앉은 남자가 하필이면 또 담배를 피우고 있어서 마땅히 연기를 피해 앉을 만한 데가 없었다. 나는 나가고 싶었지만 부모님 앞에서 까탈을 피우기가 그래서 참고 앉았다.

아무튼 담배를 다 피우고 밥도 다 먹은 초로의 남자가 혼자서 식사 중인 여자의 자리로 다가갔다. 식구들과 밥을 먹으며 난 속으로 '아, 혼자 밥 먹으러 왔는데 저런 이상한 아저씨가 앞에 앉다니 저 여자는 얼마나 싫을까?' 이런 생각을 하고 있었는데 나의 순진한 생각과는 달리 한낮에 추어탕 집에서 혼자 소주를 마시고 있는 그 여자도 보통은 아니었던 것. 엄마 말로는 두 개나 이어붙인 속눈썹과 화장한 꼴을 봐서 유흥업소에서 일하는 여자 같다는데 난 왜 그런 눈썰미도 없는지.

남자가 여자의 밥값을 계산해주겠다고 나서고 여자는 '그럼 소주 한잔 드릴까요?' 이러면서 두 남녀의 수작이 시작되었다. 대화는 정말 가관이 었다. 그런데 이 남자, 그 여자의 태도에 자신을 얻었는지 이번에는 우리 테이블의 사촌 언니를 넘본다. 처녀 적 한 미모하시고 지금도 20대 몸매 를 유지하는 세련된 언니한테 신발이 비싸 보인다며, 자기는 좋은 걸 알아 본다며 말도 안 되는 멘트를... 우리 식구들 모두 화들짝 놀라 도망 나오며 주책 맞은 그 남자를 한참 씹었는데 난 그냥... 이상하게 씁쓸한 회한 같은 것이 들었다.

그들도 한때는 삶에 기대가 많은 사람이었겠지. 이제 새로운 희망 따위 가질 수 없지만 놀던 가락 어쩌지 못해 설 연휴에 혼자 추어탕 집에 앉아 술잔을 기울이며 남루한 수작을 벌이는 모습에 삶의 비루함을 봐버린 듯 한 황망함이 들었던 것이다.

황인숙의 시 중에 '관광'이라는 작품이 있다. 관광버스를 타고 강가에 간 중년 남녀와 노인네들이 자기들 나름대로의 수작질을 벌이는 내용인데

...물 가의 식탁

초 로 의 남자와 여자

"그 때는 잘 나갔지 뭐. 한 달에

백오 십만 원씩 꼬 박꼬 박 받았으 니까."

호 기로 운 목소 리의 남자

고 개를 주 억거리는 여자
......

뭐 이런 구절이 있다. 150만 원 벌이 가지고 생색내며 여자한테 잘 난
척하는 남자와 거기다 장단 맞춰주는 여자의 초상에 아, 삶이여... 우스꽝
스런 비애가 가득 차오른다. 나의 편협한 주관에 지나지 않을 수도 있지만
참을 수 없는 존재의 비루함과 관계의 남루함에 설 끝이 썼는데 작가의 본
능이란 이게 소재가 될 수는 없으려나? 머리를 굴리고 있다.

4_천사는 지상에 오래 머무르지 않는다

너의 결혼식 – 어떤 여배우에게

몇 년 전이었던가...

친오빠랑 같이 나를 만나러 왔던 때가...

크고 슬픈 눈이 인상적이어서

그 뒤 가끔 보곤 했지만

배우로 잘 풀리진 않았지...

시집이나 가라고 농 삼아 이야기했지만

정말 이렇게 가버릴 줄은 몰랐네?

하고 싶은 일에 대한 열망과

하지만 그 일이 요구하는 고통들 사이에서

20대를 온통 망설임과 고뇌로 보내며

어떻게 해야 할까, 도대체 어디로 가는 걸까 서성이는 동안

너에게 사랑이 왔다.

그래도 일해야 한다고, 일하고 싶다고

늘 노래를 불렀지만

꿈은 너에게 와주지 않았고...

마침내 너는 일 대신 사랑을 선택했다.

너를 보고 눈물짓는 신랑을 보고

그 앞에 천사처럼 눈부신 너를 보고

눈시울이 뜨거워졌다.

그래, 만인의 여배우보다

한 남자의 여배우가 되는 것도 나쁘지 않다고

아름다운 일이라고, 행복한 선택이라고

그런 생각들이 지나갔어.

참석했던 결혼식 중에 가장 즐거웠던 결혼식.

개그맨 이혁재의 사회가

영화사 이춘연 사장님의 주례사가

린과 신혜성과 거미와 영지, 그리고 김태우의 축가가 재미있었던 것이

아니라

내가 너를 알기에,

너의 사랑의 역사를 알기에,

너의 미소, 너의 젖은 눈망울의 뉘앙스를 알기에

그 마음이 갈피갈피 집혀 남달랐던

너의 결혼식.

축하한다.

주례 선생님 말씀대로

자알 먹고 자알 살아야 해...

그녀가 왔다

1

집에 돌아오니 알록달록한 벽걸이가 생기고 소파가 옮겨진 자리에 하얀 침대가 놓이고 단 한 번도 키워보지 못한 화분들이 자리하고 있었다.

그녀가 왔다.

10년이 넘도록, 거의 20년이 되어가도록 늘 혼자 살았던 나의 공간에 짧은 동거인이 생겼다.

향숙 언니... 안동에서 엄마 하이힐 훔쳐 신고 참가한 미스코리아 대회... 예선 통과한 후 아, 우리나라도 참 공정한 나라구나... 나 같은 사람도 뽑아주는구나... 싶었지만 서울, 본선의 열기를 보고 에라 나는 글렀네, 맘 편하게 놀다 가자 작정하고 참가자들 꼬셔서 술이나 먹고 놀았다는 평창동 노처녀 클럽의 왕언니.

미스코리아 중 시집 못 간 사람 나밖에 없다며 쿨한 회한에 빠지는 그녀는 이사는 나왔지만 새집의 공사가 중단되어 잠시 우리 집에 머물기로

했다. 잠시 머물러도 공간은 자기 맘에 들어야 하는 법. 자기 스타일로 이렇게 저렇게 공간을 조율한다.

눈 뜨면 나갔다가 새벽에 들어오기 일쑤인 나는 길지도 않은 언니와의 동거를 거절할 이유가 없었고 늘 비어 있던 게스트룸은 언니의 방이 되었다.

집에 오면 누가 있고 이렇게 새벽에 깨어 서성이는 밤에도 저 방에는 언니가 자고 있다 생각하니 마음이 덜 외롭다.

2

새벽에 일어나 제일 먼저 하는 일은 아침 메뉴 결정이다. 냉장고를 열어보고 요리 가능한 음식을 정하는데 밥을 하고 국이나 찌개가 다 되어갈 즈음이면 향숙 언니의 침대로 가서 그녀의 등을 안아주면서 살포시 깨운다. (음, 그냥 주방에서 언니 밥 먹어! 소리 지를 때도 있다.)

아침 먹고 설거지를 하고 출근할 준비를 하면 언니가 뒤에서 잔소리를 한다.

— 언제 들어올 거야? 오늘도 늦어? 빨리 들어와서 저녁밥도 해주면 안 돼? 나 오늘 닭볶음탕 먹고 싶은데. 재료 사놓을까?

— 약속 있어. 안 돼.

앙탈 부리는 언니.

– 일찍 좀 들어와. 나 심심해... 나랑 놀아줘...

그러면 나는 무슨 일하러 가는 남편 같은 기분이다. 아침에는 마누라가 되어 새벽밥을 하고 저녁에는 남편이 되어 빨리 들어오라는 전화에 시달린다. 어제는 청담동에서 놀고 있는데 언니가 픽업 왔다. 아, 더 놀 수 있었는데... 끌려와버린 나...

이사를 결정한 나를 언니가 자기도 데려가라며 계속 꼬신다... 안 돼, 안 돼... 언니랑 같이 살면 영원히 시집은 못 갈 거야.

요즘 다섯 살

주말에 저녁 초대가 있었다. 그 집에 다섯 살 난 사내아이가 있어서 그 아이와 놀게 되었다. 꼬마의 눈에는 내가 자기에게 뭔가를 가르치러 온 선생님처럼 보였나 보다.

– 선생님은 어느 요일에 오시나요? 저한테 뭘 가르치실 거예요? 피아노? 태권도?

내가 가르칠 수 있는 게 뭘까? 나는 고민하다 대답했다.

– 음... 아줌마는 지형이에게 연애편지를 가르칠 거야... 그래서 이 담에 여자들에게 인기가 많아지라고.

꼬마가 대답한다.

– 저 글씨 모르는데요.

이런, 미처 예상 못한 상황이었다.

– 음, 그럼 일단 글씨부터 배우자.

며칠 후 그 아이가 사무실에 놀러 왔다. 서로 반가워하다가 무슨 말끝에

– 아줌마도 지형이 좋아하고 지형이도 아줌마 좋아하잖아...

이런 대사가 나왔다.

꼬마가 눈을 동그랗게 뜨고 대꾸한다.
– 저 결혼할 사람 있어요!

조작가, 다섯 살 남자아이에게 차이다.

※ 며칠 후 그 애가 타협점을 내놓았다. 결혼은 할 수 없지만 자기 집에
들어와 살라고... 너무한 거 아니냐고, 결혼은 안 되고 동거는 된다는 말이
냐고 따졌더니 씨익 웃는다... 무섭다... 오늘도 집에 놀러 오란다...

네 잎 클로버를 찾아서

올 생일에는 주로 화장품 선물을 많이 받았다. 음... 나이가 들어서? 주로 작업실에만 박혀 있기 때문에 화장할 일이 거의 없어서 대부분을 엄마한테 보냈다.

새삼스러울 것도 없는 생일에 선물을 하고 싶어 하는 그 아이. 부담을 줄까 봐 손수건을 한 장 사달라고 했다. 예쁜 손수건을 갖고 싶다고.

약속시간보다 한참을 먼저 나와 있다기에 뭐하고 다니나 했더니 손수건이 약소하다고 여겼는지 산에 가서 네 잎 클로버를 찾아다녔단다. 손수건과 함께 주고 싶어서.

미드 〈위기의 주부들〉을 보면 가브리엘과 사랑에 빠진 어린 정원사가 그녀에게 정원의 장미 한 송이를 주는 장면이 나온다. 장미 한 송이야 뭐... 가브리엘, 심상한 기쁨으로 받아들다가 정원사의 한마디에 얼어붙는다.

– 이 정원에서 가장 아름다운 장미에요.

가진 것 없는 어린 정원사가 그녀에 대한 마음을 표현하기 위해 온 정원의 장미 한 송이 한 송이를 찾아다닌 것이다. 사랑하는 여인에게 다이아몬드를 못 주는 대신 가장 아름다운 장미라도 주고 싶어서.

더운 날, 네 잎 클로버를 찾아서 헤매고 다닌 그 애의 이야기를 듣고 가브리엘의 정원사가 내민 붉은 장미를 떠올렸다. 가브리엘은 바쁜 남편에 대한 분풀이로 충동적으로 저지른 불장난이었지만 자신과 달리 정원사는 진심이라는 것을 깨닫고 이별을 결심한다. 연애도 불륜도 아닌 관계지만 그냥 갑자기 마음이 무거워지면서 관계의 책임에 대해서 생각했다. 오드리 헵번의 〈마이 페어 레이디〉는 사람을 변화시키고 책임지지 않는 것에 대한 문제를 다루고 있다. 거리의 꽃 파는 소녀가 귀부인 교육을 받고 품위를 획득하게 되었지만 소녀는 여전히 귀부인은 아니다. 거리로 돌아갈 수도, 상류사회에서 그대로 살아갈 수도 없는 딜레마에 처한 소녀. 우리는 보통 사랑에 대한 책임만을 논하지 변화에 대한 책임을 논하지는 않는다. 그러나 변화에 대한 책임을 지지 않는 것 역시 사랑을 배신한 것과 똑같은, 때로 더한 배신감을 안겨주게 된다. 사랑을 준다는 것은, 누군가를 변화시킨다는 것은 스스로가 상대방을 책임질 준비가 되어 있어야 한다. 중도에 포기하거나 마음이 변하면, 상대방은 원망을 품는다. 그리하여 사랑하지 않는 것만 못한 관계가 되어버리는 것이다.

언제부터인가 지나친 호감과 열정을 보이는 사람을 경계하게 되었다. 그런 사람은 대개 원하는 만큼 피드백을 얻지 못하거나 내가 자기 맘대로 되지 않으면 원수로 돌변하는 경우가 많다. 어릴 때는 그저 상대가 좋아해

주면 좋은 건 줄 알고 감사하게 여기고 호감으로 보답하려 애썼으나 팬이
란 존재는 하루아침에 적군이 되어버릴 수도 있다는 걸 경험을 통해 알게
되었다. 애틋한 네 잎 클로버가 일깨우는 것. 그것은 때 이른 경고이기도
하다.

그 애를 보내고

아침이면 전화를 해서 누나의 하루를 물어보던 그 애는, 약속이 있는 곳에 누나를 데려다 주고 약속이 끝나면 누나를 데리러 오던 그 애는, 술도 마시지 않고 술자리를 지키고 있다가 술 취한 누나를 업어다 주던 그 애는, 산속 마을 평창동의 특성상 핸드폰이 잘 터지지 않는 우리 집, 누나가 중요한 전화를 놓치면 안 된다고 SK에 안테나 신청을 해주고 컴맹인 누나의 컴퓨터와 노트북을 고쳐주고 선물로 받은 자전거를 조립해주고 부엌 식탁 위에 두바이에서 사온, 꿈처럼 아름다운 등을 달아주고

그리고 갔다.

런던. 비와 고독의 도시... 내가 그리워하는 도시로 그 애가 가 있다.

잠시, 인생의 선물 같았던 그 애... 내가 너무나 힘들었을 때, 아무도 없었을 때 내 인생에 어느 날 갑자기 나타나 한순간에 다가오고 자연스럽게 친밀해지고 공기처럼 모든 일상에 스며들었던 그 애는 자기가 없는 누나의 일상을 걱정하면서... 떠나갔다.

정읍, 제천, 제주도, 남해... 그 애가 떠나기 전에 이 땅의 좋은 곳에 데려가고 싶어서 여기저기를 헤매 다녔다. 함께한 것은 겨우 한 달 남짓이었는데 그 어떤 오랜 친구보다도 더 많은 추억을 가지게 된 것 같다.

좋은 세상이라서 전화와 인터넷과 메일 같은 것들이 멀리 있는 우리를 소통 가능하게 하지만 어쨌든 그는 여기에 있지 않고 거기에 있다.

그 애를 보내고 돌아오던 길, 나는 내비게이션의 안내를 놓치고 길을 잃어 먼 길을 돌아갔다.

술 마시는 여자

애인보다 나를 더 사랑한다는 동갑내기 사촌 오빠는 고등학교 졸업식 날 뒤풀이로 나를 나이트클럽에 데려가서 술에 관한 한 가지 지침을 주었다.

– 아무 남자한테나 술 따르지 마.

나는 그날 사촌 오빠한테만 맥주를 따라주었다. 그 후로 나는 몇 년 동안 술자리에서 아무에게도 술을 따르지 않았다. 사랑하는 사람이 생기자 그 남자는 아무나가 아니었으므로 그에게만 술을 따라줬다. 그러나 그 남자와 헤어진 후 의미 있는 잔이 사라졌으므로 그냥 술잔이 비면 아무에게나 술을 따라주게 되었다.

오빠는 또 한 가지 지침을 더 주었다.

– 아무한테나 오빠라고 하지 마.

말 잘 듣는 나는 역시나 몇 년 동안 아무에게도 오빠라고 하지 않고 학교 선배들에게 오로지 선배라는 호칭을 고수하며 욕을 먹었다. 지금은 나이가 많고, 일이나 유의미한 시간을 함께 겪은 사람에게 편하게 오빠라고 한다.

사촌 오빠는 아마도 모를 것이다. 자기가 그날 말한 두 가지를 몇 년 동안 동생이 철저하게 지켰다는 것을. 나도 오빠를 사랑했으므로 오빠가 말한 것들을 지키고자 했다. 아무것도 가진 게 없는 그 사람, 나에게 말한 것만이라도 소중하게 지켜주어야 한다고 생각했다. 그것이 그를 향한 내 사랑의 방식이었다.

생일이 몇 달 빠를 뿐 동갑이었던 우리가 싸우기라도 할까 봐 엄마와 이모는 어릴 때부터 석 달 오빠라도 오빠는 오빠라고 강조하며 맞먹으면 안 된다고 신신당부를 하셨다. 말 잘 듣는 순둥이에다가 말썽꾸러기 남동생만 있었던 나는 누군가에게 여동생 노릇을 하는 것이 좋아서 거부감도 없이 동갑내기 사촌에게 속없이 오빠 소리를 하며 따라다녔고 막내였던 사촌 오빠 역시 나에게 오빠 노릇 하는 게 좋아서 진짜 오빠라도 되는 양 의젓하게 굴었다. 우리는 같은 동네에 살았고, 같은 학교에 다녔다. 아침이면 오빠와 함께 나란히 등교를 했다. 몸이 약했던 내가 아프기라도 하는 날이면 오빠는 나를 업고 집에 왔다. 학교의 화장실 벽에는 우리가 사촌인 줄 모르는 짓궂은 동급생들이 사이좋은 우리를 놀리는 낙서들을 써놓았다. 오빠와 나는 변명도 안 하고 화도 내지 않으며 오히려 그런 착각과 오해들을 재밌어했다.

오빠는 잘생기고 공부도 잘하고 정이 깊은 남자였는데 생은 알 수 없는 방향으로 그를 휘둘러서 그는 대학도 못 가고 친구 대신 누명을 쓰고 상처투성이의 청춘을 보냈다. 지금도 오빠 얼굴만 보면 가슴이 아프다.

20대는 한 남자를 사랑하며 보냈는데 그 남자는 술을 좋아하는, 술을 줄기차게 마시는 남자여서 데이트는 매일 술이었다. 나는 술을 잘 못 마셨는데, 그 남자와 못 마시는 술을 마시다 결국 술이 늘었다. 두 번째 애인도 엄청난 애주가여서 그 연애도 매일 술이었다. 연애의 사이 마다는 이별의 고통으로 음주의 나날을 보냈고 결국 정리를 하다 보니 적지 않은 시간을 술 마시며 보냈음이 드러난다.

드라마가 끝난 뒤로는 그냥 내 안에 쌓인 찌꺼기들을 털어내기 위해 마시는데 이제는 20대가 아니어서 술을 마시면 금세 필름이 끊기고 자버린다. 그리고 다음날, 발등을 찍으며 후회한다.

만화가 이현세는 자기가 그림을 그린 것이 아니라 술과 담배가 그려주었다고 했다. 무라카미 하루키는 맥주중독, 스티븐 킹도 한때는 알코올중독이었다.

술이 약한데도 누가 권하면 사양치 않고 마셔버리는 이 여자는, 술이 소통의 도구라는 것을 너무 맹신하는 것은 아닌지... 술은 그냥 술일뿐인데... 술을 주는 상대가 소통을 원한다고 착각하여 그 술을 마음이라고 생각하고 마셔버리는...

음주의 나날 끝에 두텁게 쌓여가는 자책의 실수들을 지켜보면서 괴로운 소회를 몇 마디 적는다.

미드 〈섹스 앤 더 시티〉에서 여주인공 캐리는 사랑하던 남자 빅이 자기가 아닌 다른 여자와 결혼하는 것에 상처를 받는다. 그가 결혼식을 마치고 나오던 교회 앞에서 캐리는 묻는다.

– 나는 왜 안 됐어?

빅은 대답한다.
– 당신은 너무 힘이 들었어.

나는 빅을 이해할 수가 없었다. 대체 뭐가 힘들었다는 거지? 캐리를 사랑하는 것 같았는데, 왜 그녀를 차버린 거야? 왜 심지어 다른 여자를 만나고 그 여자와 결혼까지 하면서 캐리한테는 말도 안 한 거야?

다른 여자와 결혼하고 그 사실을 숨긴 채 나를 만나러 온 첫사랑에게 똑같은 질문을 던졌다.
– 나는 왜 안 됐어?
– 너는 너무 힘이 들었어.

충격받았다.

역시 다른 여자와 결혼하면서 결혼 전야에 나를 찾아왔던 두 번째 사랑에게 전화를 걸어 물어보았다.

— 나는 왜 안 됐어?

— 너는 너무 힘이 들었어.

기절하는 줄 알았다. 어떻게 이렇게 대답이 똑같지? 당시에는 나의 무엇이 그들을 힘들게 하여 사랑을 갖지 못했는지 알 수가 없어 마음이 아팠다. 먼 훗날 도대체 내가 뭘 힘들게 했는지 설명을 들을 수 있었는데 내가 관계에서 요구하는 것 때문이었다고 한다. 무엇을 요구하냐 하면… 나는 남자한테 뭘 해달라고, 어떻게 잘해달라고 그런 요구는 하나도 하지 않는다. 생일을 그냥 지나가도 화내지 않고, 약속 시간에 늦게 와도 그러려니 한다. 일 때문이라고 하면 어떤 상황에서도 이해하고 내가 할 수 있는 모든 일을 다하고 도와준다. 다만 단 한 가지를 요구하는데 그들은 그게 그렇게 힘이 들었단다.

— 똑바로 살아!

나한테 실수를 하거나 뭘 잘못해도 화를 안 내는 내가 자기 일을 할 때 후지게 굴거나 스스로 품은 이상에 어긋나는 태도를 보이면 가차 없다. 어쩌면 나는 세상에서 가장 큰 것을 요구했는지도 모른다.

고민을 하다가 당시 같이 일하던 보스에게 물었다.

– 저는 어떤 남자랑 어울릴 것 같은가요?

나의 보스는 일 초도 안 돼서 냉큼 대답했다.

– 신부님? 그 정도는 돼야 네가 만족하지.

성직자 정도는 돼야 내 기준에 맞는다고? 세상에 이상을 갖고 그것을
향해 노력하는 남자가 그렇게 없는 거야? 그런 거야?

첫사랑

　서점에 갔다가 첫사랑이 만드는 잡지를 보게 되었다. 휘릭 펼쳐서 그가 쓴 편집후기만 읽었다. 살면서 세 번쯤 죽을 뻔한 기억과 얼마 전 돌아가신 아버지에 대해서 이야기하고 있었다. 이십 년 동안 편찮으시기만 해서 그의 어깨를 내내 힘들게 했던 분인데 막상 돌아가시고 나니 회한이 가슴을 치는 것 같다. 가슴 졸이며 자기의 가는 길 지켜봐 줄 저 하늘의 아버지에 대해서 짧은 문장 안에 큰 그리움을 박아 넣고 있었다. 헤어지고 나서 후회되었던 것 하나는 그가 아픈 아버지 때문에 겪고 있는 심적인 부담이나 외아들의 스트레스를 내가 잘 몰라주었다는 점이다. 동갑내기 연인이었던 나 역시 그때는 너무 어려서...

　내가 드라마를 쓰면 그도 보겠지. 내가 어디선가 그의 문장을 읽듯이. 안녕 내 사랑. 한때는 그 없이 살 수 없을 줄 알았던, 돌아서는 뒷모습만으로도 가슴이 타들어 갔던, 내 20대의 전부였던 그대, 안녕...

　그렇게 가슴으로 인사했는데 사람의 예감이란 게 이상해서 그의 편집후기를 읽은 날 밤에 첫사랑에게서 전화가 왔다. 추측컨대 아마 부부싸움을 하고 나면 나한테 전화를 하는 게 아닐까 싶다. 아마 일적으로도 힘들었겠지. 사람은 현재가 행복하면 옛날 애인 따위 그리워하지 않는다. 술 취해 주절거리는 요지인즉슨 너랑 살 걸 잘못했다, (누가 살아준대?) 이렇게 가다가 결국은 끝에 가서 다시 만나는 것이 우리의 운명이 아닐까, (누구 맘대로?) 옛날이 너무 그리워... (나는 아닌데...)

나 역시 후회한다. 인생이 사랑으로 가득 차 있는 줄 알고 슬프지만 자신만만하게 그와 헤어지고 나서 지금까지 헤매고 있는 인생이기 땜에 따뜻한 그 사람, 운명적인 것 같았던 그 사랑을 보낸 것을 오랫동안 후회하고 지금도 후회한다.

오래전 어떤 점쟁이는 이런 말로 나를 절망시켰다. 네 인생에 사랑은 단 한 번뿐이야. 그런데 그 사랑은 지나갔어.

돌이킬 수 없는 것이 생인 것 같다. 그를 사랑했지만 지금의 그를 사랑하지는 않는다. 내 사랑은 20대의 그 시절에 화인처럼 박혀 있고 너무나 변해버린 그처럼 나도 변해서 우리는 이제 돌이킬 수 없는 타인인 것을...

비 오는 밤...

깨어 있는 것만으로도 외롭다.

하늘에서의 접속

접속 중인 일촌명. 그녀의 이름 앞에 빨간 ON 사인이 들어오면 기절할
것 같다. 그녀는 이 세상에 없는데 접속 중이란다. 누군가 남아 있는 그녀
의 지인이 홈피를 관리하느라 들어와 있는 것이지만 나는 매번 놀란다. 그
녀의 영혼이 접속 중인 줄 알고. 그 놀람에 익숙해지질 않고 늘 고통스러
워서 일촌을 끊을까 생각도 해봤지만 지금 끊어버리면 누가 다시 이어주
겠으며 그녀의 흔적들 어찌 다시 볼 수 있을까... ON 사인이 들어오면 그
녀가 아닌 줄 알면서도 대화신청을 하고 싶다. 못다 한 말, 우리가 하지 못
한 말... 그 말을 하고 싶어서.

때로 그녀를 느끼고 싶을 때 자기의 이름을 새겨 나에게 준 팔찌를 차고
세상으로 나간다. 내 손목에 그녀를 느끼며 혼자가 아니라고, 내 옆에 그
녀가 있다고 위안한다.

－내가 세상에 처음 오던 날
나를 맞아준 것은 찬 눈 같은 이별이었으니
사랑의 기억보다 먼저 온 이별 때문에
나는 쉬임 없이 울었네...

......

그 가 왔다가 떠났다고

생은 그 저 한 줄 로 요 약되고 말지만

......

그녀가 가기 전에 생일날 축시로 써줬던 구절들이다. 나는 어쩌자고 이런 슬픈 축시를 써서 가슴 치는 회한을 남겼는지... 이상한 것은 컴퓨터에도 노트북에도 그녀를 위해 쓴 시가 남아 있지 않다는 것이다. 그 기록들은 어디로 갔는가...

나의 그릇으로는 지켜줄 수 없었던 그녀. 사랑했지만... 사랑은 또 얼마나 힘이 없는가... 미안하다는 말도, 사랑한다는 말도 차마 할 수가 없다.

그것은 너의 선택이었다고, 남은 사람들 아프지만 그 선택을 받아들인다고 그렇게 애써 정리했었다. 그런데 왜 아픔은 줄어들지 않는 것이냐...

누구보다 아름답게 태어나 그토록 사랑을 갈구했건만 아무도 네가 원하는 만큼, 영원히 사랑해주지는 않았지. 못했지.

정호승의 시에 기대어 애도를 보낸다. 다음 세상에 다시 오기를. 그때는 사랑받기를. 그리고 행복하기를. 부디.

....

우리가 정원의 꽃 중에서

가장 아름다운 꽃을 꺾어

방안을 장식하듯이

하느님도 가장 아름다운 인간을 꺾어

천국을 장식합니다.

그러므로 오늘 그녀의

어린 영혼을 위하여

전능하신 천주께 기도합시다.

저희는 주님의 종 그녀의 생애가

너무나 짧았음을 슬퍼하오며

그를 겸손되이 주님께 맡겨드리오니

……

어떤 감독의 죽음

피디가 전화를 걸어 오병철 감독의 죽음을 알렸다. 얼마 전에도 그분의 전화를 받았던 나는 믿을 수가 없어서 정말? 정말? 하고 계속 물었다.

인터넷에 들어가 그분의 이름을 치니 부고 기사가 뜬다. 가슴 저 깊은 곳에서 뜨거운 게 치밀고 올라온다. 아, 왜 그분의 전화를, 그분의 목소리에 깔려 있던 그 절실함을 읽어내지 못했을까...

앓고 계신 줄 몰랐었다. 근처에 오시고, 보자고 한 게 서너 번은 되었던 것 같다. 그때마다 나는 바빴다. 드라마를 쓰고 있거나, 캐스팅이 안 돼서 동분서주하고 이도 저도 아닐 때는 지쳐서 헉헉거리고 있었다. 그래서 그분이 부를 때마다 나는 사정이 여의치 않아 응할 수가 없었다. 이제 내가 아무리 만남을 청해도 그분은 나와 주지 않으실 거다.

북한산 아래 선술집에서 막걸리를 하자고 하셨는데...

그 사람의 영화가 어떻고 저렇고...를 떠나서 그분은 참 좋은 사람이었다. 제대로 살아보려고 애를 쓰셨다. 영화인으로서의 불우함을 참고 견디며 감독으로서 무언가를 만들어보려고 늘 궁리하고 시나리오를 쓰고 보여주러 다니고…

이제와 눈물밖에 드릴 게 없다.

사람의 살이가 아프고 허망하다.

당신

그 밤.

　도시가 정전되어 우리는 한 친구의 집에 몰려가 촛불을 켜고 기타를 치면서 시를 읽었지. 돈 대신 시집으로 고스톱을 치던 문창과 아이들. 그 집 벽을 가득 채운 시집을 우리는 얼마나 부러워했던가. 내가 읽었던 시는 기억도 나지 않지만 당신이 읽은 시는 아직도 선명하게 기억나. 오규원의 시... 시인의 별세 소식을 들었을 때 당신이 읽었던 그 밤의 시를 떠올렸어.

　당신을 처음 본 순간, 심장이 쿵 내려앉았던 나는 당신이 가져올 파장이 왠지 두려워 캠퍼스에서 당신만 보이면 멀리 돌아가며 반년을 도망 다니다가 그 밤에 결국, 당신에게 반해버렸지.

　꽃 같은 아이를 낳고 다른 여자와 결혼을 하고도 우리 집 앞에 서 있었던 당신. 나는 당신이 결혼한 줄도 모르고 있다가 다른 사람의 입을 통해 그 소식을 듣고 화를 내야 할지, 울어야 할지를 몰라서 그냥 조용히 물었지. 왜 나한테 말을 안 했냐고... 왜 다른 사람에게 이걸 듣게 하냐고...

시를 쓴 낮이면, 술을 마신 밤이면 전화를 하던 당신. 나에게 당신의 시를 읽어주고 싶어 했지만 나는 듣고 싶지 않았지.

당신이 내 것이 아니어도 당신이 사랑한 사람은 나라고, 아직도 나를 사랑한다고 착각하고 싶었지만 어느 날 깨달았지. 당신이 사랑한 것은 결국 그녀라고. 그녀를 사랑했기에 내가 아닌 그녀와 결혼을 했고 아이를 낳은 것이라고.

내가 그렇게 소리쳤을 때 당신은 아무 말도 못 하고 돌아서 갔지. 그날의 표정, 그날의 뒷모습. 당신이 만드는 잡지의 후기에서 첫사랑의 기억을 읽으면서, 술 취한 당신이 우리 집 골목에 서 있는 걸 보고도 모른 척 지나쳐 가면서... 모질어져야 한다고, 안 그러면 끝이 안 난다고 수없이 되뇌었어.

– 아직도 나를 사랑하니?

당신이 물을 때 나는 대답했지. 그 시절의 당신을 사랑한다고. 잊지 못하는 것은 당신이 아니라 그때의 내 사랑이라고.

단 한 번의 사랑.
단 한 번의 상처.

에서 나는 회복을 못했지. 사랑은 또 오고 갔지만 나는 늘 겁이 났지. 두 번 다시는 당신처럼 그렇게 사랑하지 못했지.

영원히 내가 자기 것인 줄 알았다는 당신. 서른 넘어 겨우 가지게 된 다른 남자를 느끼고 팔뚝으로 눈물을 훔치던 당신. 우리의 운명에 대해 헛된 질문을 던지던 당신.

이 아침, 누구 때문인지 무엇 때문인지 나는 모르지만 문득 당신이 떠올라 그 사랑의 기억이 사무쳐 이렇게 문장을 적는다.

당신.

당신이라고.

작가의 사랑

그녀는 그의 일생을 듣는다. 대부분 묻기 전에 털어놓는다. 작가니까. 사람들은 작가 앞에서는 무슨 말이든 할 수 있다고, 그래도 된다고 믿고 싶어 한다. 그의 생을 들으면 그의 상처가 보인다. 그 상처가 그녀를 움직이면 그녀는 사랑을 시작한다.

작가의 사랑은 그저 자기가 가진 것을 주는 사랑이 아니다. 그녀는 몸과 마음을 다해 그의 상처를 감싸주려고 그리하여 그가 원하는 것, 그의 꿈을 이룰 수 있게 하려고 헌신한다. 심장을 향해 똑바로 파고들면서 한없이 깊어진다.

사람들은 작가의 사랑을 탐낸다. 독점하고 싶어 한다. 자기는 그만큼 사랑해줄 수 없다고 하더라도 자기에게 쏟아지는 사랑, 절대 남에게 빼앗기려 하지 않는다.

그러나 작가는 사람이다. 영원히 혼자서 사랑하지 않는다. 작가의 사랑이 깊을 수 있는 것은 자기도 그만큼을 원하기 때문이다.

조심하라. 작가의 사랑.

그 사랑 내 것일 때는 행복하지만 그 사랑 떠나면 인생이 불구가 된다. 그 상실, 치유되지 않는다.

작가는 정신으로 유혹하기 때문에 결과적으로 누군가의 정신적 외도의 대상이 되곤 한다.

– 너는 나의 정신적 애인이야...

이런 대사, 종종 듣는다.

그러나, 작가는 누군가의 정신적 애인 따위 되고 싶어 하지 않는다. 문제는 작가의 사랑이 성적인 구별을 두기보다 인간 자체를 보고 인간적으로 다가가는 경우가 많기 때문에 구분이 애매해진다는 데에 있다.

작가의 사랑. 인생의 축배인가, 독배인가...

사랑을 잃고 나는 쓰네

라고 기형도는 시의 첫 줄을 시작한다.

불행에 익숙한 여자는 행복이 오면 불안해진다. 이 행복이 날아가 버리지는 않을까, 이 행복이 금방 불행이 되어 내 뒤통수를 때리지나 않을까… 그래서 불행한 여자는 드물게 다가온 행복 앞에 전전긍긍하다가 행복 자체가 너무 버거워 그 행복 앞에 등을 돌려버리고 만다.

그래서 불행한 여자는 다시 불행해진다.

누굴 좋아하게 되면 가슴부터 아파지는 것은 함께 할 수 있는 즐거움의 기대 대신 불통의 고독과 이별의 괴로움이 먼저 달려오기 때문이다.

불행한 여자가 누군가를 사랑할 때 눈물이 많은 이유는 지나간 시절의 서러움 때문이 아니라 다가올지도 모르는 불행에 대한 예감 때문이다. 확실하지도 않은 내일 때문에 그녀의 오늘은 눈물로 얼룩지는 것이다.

밤새 울었다. 아직도 슬픔이 남아 있다. 울음이 온몸을 채워서 물먹은

솜처럼 몸이 무거운 그런 때. 내가 확인한 것은 사람으로 겪는 고통에는 면역이 없다는 것. 아무리 사랑을 해봤어도 결국 그 사랑을 잃어봤어도 또다시 언젠가 찾아오는 그 마음과 이별과 고통에 속수무책이라는 것.

다만 이제 한 가지 아는 것은 그 모든 것이 사랑이라는 거. 누군가를 마음에 품어 좋은 일만 있는 것이 아니다. 지겨워지기도 하고 살의를 느낄 만큼 미워지기도 하고 다른 사람한테 살짝 반하기도 하고 지리멸렬해지기도 한다는 것.

순정만화에서처럼 처음 만나는 그 순간부터 그 사람 위해 목숨을 버리는 마지막 순간까지 오로지 좋기만 하고 숨이 막히게 아름답기만 한 것은 그냥 만화일 뿐.

실제의 삶과 사랑은 기쁨과 슬픔, 환희와 고통이 공존하는 혼돈의 세계.

내가 할 수 있는 것은 그 속에서 홀로 힘들어하는 일.

그들은 나를 어떻게 키웠나

공지영의 작품 '귓가에 남은 음성'은 광주학살을 기록했던 실존 독일인의 말년을 그리고 있다. 생생한 광주학살의 증언 앞에서 그 진실의 기록성이 가지는 힘 때문에 읽는 내내 가슴이 뜨겁다.

나는 광주를 잘 모른다. 내가 아는 것으로 그날들을 판단할 수 없다. 그러나 그때 거기서 일어났던 비극과 그 수많은 이들의 죽음과 그리고 후일의 상처는 지금도 나를 아프게 한다.

이 작품은 그날들을 기록한 이들의, 보지 말아야 할 것들, 아니 일어나지 말아야 할 것들의 증인이 된 이들의 고통과 그랬기에 깨달을 수 있었던 삶의 존엄함, 인간의 귀함, 비애를 그리고 있다. 감동과 고통 사이에서 괴로워하던 나는 이 책읽기로 인하여 개인적인 기억을 하나 떠올렸다.

내가 광주에 대해 처음 들은 것은 아버지를 통해서다. 중학교 때 무슨 책을 읽다가 광주 사태에 관한 단락이 이해가 안 되어 아버지에게 진실이 무엇이냐고 물은 적이 있다. 아버지는 잠시 당황하더니, 오래 고민하다가 광주 지역의 폭동을 대통령이 진압한 거라고 이야기해 주셨다. 아버지는 제한된 정보 속에서 진심으로 그렇게 믿었던 것 같다. 나는 아버지를 믿고, 아버지를 사랑했으므로 그 말도 믿었다.

후일, 광주 사태의 진실이 아버지의 말과는 다르다는 것을 알게 된 뒤에 내가 느낀 것은 분노가 섞인 실망감이었다. 아버지가 틀릴 수도 있다는 자각, 오랫동안 잘못된 정보를 진실로 믿고 있었던 자신에 대한 부끄러움 등이 나를 괴롭혔다. 전자의 상처는 아버지를 믿지 않게 된 최초의 경험이었다. 그것은 아버지의 잘못이 아니라 시대의 오류였지만, 어린 나는 거기까지 헤아릴 줄을 몰랐다.

단종애사를 들려주던 아버지, 섬에 갇혀 홀로 죽어간 소년의 외로움을 이야기해주던 아버지... 그래서 내가 스무 살이 되어 단종이 죽어간 영월로 홀로 여행을 가게 만들었던 아버지. 가수였던 아버지, 영화배우처럼 잘생겼던 아버지, 나를 특별히 사랑했던 아버지... 광주는 아버지와 나 사이에 최초의 불통이었다.

소설 속에서 주인공이 시민에게 광주가 보도된 외신을 가져다주자 사람들이 우리는 외롭지 않다고 기뻐하는 장면이 묘사된다. '진정 죽음으로부터 우리를 건져내는 것은 아마도 외롭지 않다는 사실, 외롭다고 느낀다면, 고립되었다고 생각한다면 우리는 이미 죽음을 이마에 대고 있는 것' 이라고 작가는 말한다.

광주 같은 극한 상황에 댈 바는 아니지만 우리의 일상도 이와 같다는 생각이 들었다. 외로움은 죽음에 가까이 다가간 상태이다.

역사를 좋아했던 아버지는 종종 옛날이야기를 들려주셨는데 지나간 이야기들에는 어디에나 슬픔이 많아서 해피 엔딩보다는 새드 엔딩이 흔했다. 어머니가 나에게 최초로 가르쳐준 노래는 〈비목〉이라는 가곡이었는데, 외로운 죽음을 이야기하는 그 노래는 어린애가 부르기에는 너무 쓸쓸하고 슬픈 것이었다. 엄마는 사랑에 목숨 거는 한 여자의 소설을 읽다가 한밤중에 펑펑 울면서 자는 나를 깨우더니 "네가 이런 사랑 한다면 나는 말리지 않을 거야…"라고 말했다. 나는 그렇게 자랐다.

이제 와 생각해보니 참으로 남다른 가정이다. 너무 고통스럽다는 이유로 내가 작가가 되는 걸 반대했던 엄마는 결국 자기 자신이 나를 별나게 키워놓아 작가밖에 할 수 없게 만들었다는 생각이 든다. 작가가 고통이라는 것을 이미 안다는 것은 그 일이 무엇인지를 제대로 안다는 뜻이다. 우리 엄마는 내가 쓴 소설이나 대본만 보면 울었다. 미안하다고… 어린 날에 이토록 슬프게 해서 미안하다고…

아버지는 늙고 엄마는 병들었다. 사랑도 미움도 지나가서 이제 다만 그들이 가엾고, 또 가엾다. 그 어떤 노력으로도 망가진 세월을 돌이킬 수 없기에, 아직도 서로가 주고받은 상처의 욱신거림에 잠들지 못하는 나의 고통이 얼마나 부질없는지…

아픈 엄마, 바쁜 딸

엄마에게 안부전화를 걸었더니 집이 아니라 응급실이란다. 벌써 며칠 전에 응급실에서 대기 중이었다는 것이다. 놀라서 왜 전화를 안 했냐고 했더니

– 너 바쁘잖아...

세상에, 바쁘다고 엄마가 입원한 거까지 몰라서야 되겠냐고...

응급실은 병원 밥을 안 준다. 보호자가 없는 엄마는 이틀을 굶어야 했다. 여러 가지 검사로 금식을 해야 했지만 식사가 허용된 후에도 간호사가 말을 안 해 주는 바람에 굶고, 보호자가 없어서 굶고, 결국 회진하는 의사 앞에서 울고야 말았다는 엄마. 지하에 있는 병원 식당에 내려갔지만 환자복 입은 사람은 식당 안으로 들어갈 수가 없다고 해서 편의점에서 빵과 우유를 사드셨단다. 내가 일이 끝난 시간은 자정이 넘어서 아무리 둘러봐도 음식을 살 수가 없었다. 일단 병원부터 가보자 싶어 택시를 타고 달렸는데 엄마는 빵이랑 우유 먹었으니 괜찮단다.

다음날, 초밥과 죽을 사가지고 가서 드디어 며칠 만에 처음 음식다운

음식을 드시는데 도시락 열자마자 옆자리 할머니가 오늘 하루 종일 음식을 안 드셨다고 좀 챙겨드리란다. 우리 엄마, 이런 사람이다. 당신도 삼일을 굶어놓고 다른 사람부터 챙긴다. 그것도 생면부지의 사람을.

일단 엄마 식사 한 끼 해결해놓고 다시 회사로 와서 일하다가 엄마 저녁을 들고 다시 병원에 갔다가 집에 오니 새벽이다. 응급실은 마치 전쟁터의 야전병원 같다. 베드가 모자라서 환자들이 바닥에 돗자리 깔고 누워 있다. 삼성의료원이 무슨 빈민구제병원 같은 풍경이다. 복도에도 베드가 깔리고, 대기실 의자도 환자들로 가득하다. 아프다고 왔는데, 집에서 견딜 수가 없어 왔는데 이틀 동안 베드가 안 나와서 복도의 대기 의자에 앉아서 기다린 엄마.

 ― 엄마, 내가 돈 벌어서 잘해주려고 했는데 이렇게 아파서 어떡해? 엄마는 소원이 뭐야? 하고 싶은 일이 뭐야?
 ― 할머니 좋은 집으로 이사시켜 드리고 싶고, 고생하는 순천 이모 보태주고 싶고, 삼촌도 도와주면 좋겠고 여수 이모부한테 용돈 좀 드리고 싶고...
 ― 엄마를 위해서는? 엄마 자신을 위해서는 하고 싶은 일이 없어?
 ― 응, 나는 아무 소원이 없어. 식구들이나 좀 도와주고 나면 그게 행복한 거지...

내가 엄마를 행복하게 해주기 위해서는 다른 사람들부터 도와줘야 하나 보다.

사람은 금방 늙는다. 꽃 같았던 우리 엄마, 어느새 노인이 되어 있었다.
생로병사는 지극히 당연한 일이나 그것이 인간을 슬프게 한다.

울어라, 여자여

　엄마는 내일 수술을 하신다. 아픔으로 더욱 작아져서 아직 환갑도 안 된 나이에 병고로 고생하시는 모습을 뵙자니 병원에 가면 눈물부터 난다. 그래도 안 울려고, 엄마 앞에서 울지 않으려고 애를 쓰는데 남 탓은커녕 오히려 미안해만 하는 엄마의 대사에 그만 울음이 났다.

　'나만 안 아프면 걱정이 없는데 내가 아파서 식구들한테 폐 끼치고 그래서 너무 미안해...'

　당신이 누구 때문에 이 지경이 되셨는데... 집안을 건사하고 자식들을 키워내느라 당신이 겪어낸 모진 고생이 만들어낸 병인 것을 그조차도 미안해하시니 딸의 가슴은 미어졌다.

　'엄마, 걱정하지 마. 아픈 건 속상하지만 그래도 지금 아파서 다행이야. 자식들이 감당할 수 있을 때 아파서. 형편도 안 되는데 아프면 너무 서럽잖아. 다 알아서 할 테니까 엄마 생각만 해. 그리고 참지 말고 울어. 많이 우는 게 좋아. 그동안 참은 거, 서러운 거 다 울면서 풀어.'

엄마는 그동안 너무 의연했었다. 식구들한테조차 폐 끼치지 않으려고 자신의 고통을 늘 혼자 감당하셨다. 누구에게도 말하지 않고 아무것도 원하지 않았다. 내가 가진 것 중에 좋은 면은 엄마를 보고 배운 것들이다. 엄마의 현명함, 엄마의 관계 맺는 방식, 엄마의 배려…

우는 엄마를 안아드렸다. 너무나 작아진 엄마의 등을 쓸어내리며 소용없는 회한에 빠졌다. 왜 좀 더 일찍 정신을 차리지 않았을까. 실연의 고통으로 흘려보낸 20대에 정신을 차리고 생을 바꿔보려고 노력했더라면 엄마를 조금 더 일찍 쉬게 해드릴 수 있었을 텐데… 그랬더라면 엄마가 덜 아팠을 텐데… 나는 어쩌자고 그토록 개념 없이 살았던 걸까. 부모가 100년을 살아도 자식은 서운한 법이라고 하지만 엄마의 가여운 생은 무엇으로 위로해야 할지…

미팅이 있어 엄마를 다독이고 병실을 나오며 병원 복도에서부터 눈물이 차올랐다. 안간힘을 쓰면서 참았던 눈물이 엄마의 시야에서 몸을 빼자마자 터져 나오기 시작했다. 택시 안에서 계속 울고 있으려니 운전사가 휴지를 건네주었다.

타인들에게 엄마의 이야기를 할 수가 없다. 엄마라는 발음이 새나가는 순간부터 눈물이 난다. 엄마는 나에게 그냥 눈물이다.

간장이 녹는다

여덟 시간의 대수술을 마치고 돌아온 엄마를 보고 가슴이 무너져 내렸다. 산소호흡기와 몸에 뚫린 구멍들과 소변 줄과 핏줄 따위가 주렁주렁 매달린 채 발끝 하나 제대로 못 움직이는. 육체이나, 육체이지 못한 상태의 당신. 내가 나온 몸이자, 한때 아름다운 여자였던 엄마의 몸은 자존을 지킬 수 없는 지경이 되었다.

쳐다보고 있는 것만으로도 심장이 아프고, 간장이 녹는 듯했다. 옛말에 간장이 녹는다는 말이 무슨 뜻인지 알 것 같았다.

- 많이 아파?
- 상상할 수 없을 정도로 아파. 상상할 수 없는 고통이야. 이렇게 아플 줄 알았으면 수술 안 했을 거야.

엄마는 살면서 엄살을 떨어 본 적이 없다. 그런 엄마가 이토록 생생하게 호소하는 고통을 속수무책으로 지켜보면서 그저 시간이 지나면 나아지려니, 스스로를 위안할 수밖에 없었다. 그 와중에도 평생 해바라기 했던 아들의 수발이 사무쳐서 그 감격을 가슴에 간직하는 엄마. 남아 있는 나날

동안 평생 속 썩였던 남편과 아들, 두 남자의 뒤늦은 사랑 속에서 말년이 따뜻하게 기억될 수 있기를 바란다. 너무 아파서 고통 외에 아무것도 생각할 수 없는 사투의 생명이 아니라 당신이 받는 사랑을 기뻐할 수 있는 만큼은 회복되기를 간절히 바란다.

청춘을 방황하며 고민했던 엄마가 준 상처는 얼마나 작으며 그동안 잊고 있었던 엄마가 준 사랑은 얼마나 큰지를 비로소 깨닫는 미성숙하고 어리석은 이 딸은 병상에서 엄마의 손을 잡고 눈물 흘리는 것 외에 아무것도 할 수 없었다.

진이에게

1
모디아노를 좋아하던 시절이 있었지
내 나이 스물 하나였고
소설이 무언가를 열심히 고민하던 때
사랑하는 사람이 있었고
기다림과 슬픔을 알아가던 때
모디아노의 쓸쓸한 문장들이 나는 좋았다
지금 막 창밖에서 해가 진다
이 짧은 이야기가
그대에게 순간의 위로가 되어주기를 빌면서

현경이가

...

　나에겐 늦은 밤, 혹은 오늘처럼 새벽에 더 가까운 시간, 유령처럼 좁은
마루를 뱅뱅 도는... 조금은 섬뜩한 버릇이 있다. 오늘도 세시 삼십 분 경
잠이 들었다가 4시경 일어나, 잠들기 전 읽고 있던 에마뉘엘 카레르의

〈적〉을 역자 후기까지 내쳐 읽고는... 버릇처럼 마루로 나와 서성댔다. 허연 연기를 내뿜으며 뱅뱅... 이런 순간의 끝은 대개는 책꽂이인데, 평소 청소할 때나 책을 빼고 꽂을 때는 눈에 띄지 않던 무엇이 이 순간에는 희한하게도 한눈에 들어온다. 오늘은 파트릭 모디아노의 글에 장 자끄 상뻬가 그림을 그린 〈카트린 이야기〉에 눈과 손이 갔다. 지난 9월, 책꽂이를 정리할 때는 장 자끄 상뻬의 다른 책들과 꽂을까 아님 모디아노의 책들 사이에 두어야 하나... 하는 망설임도 없었다. 나에겐 왜 이 책이 장 자끄 상뻬의 책으로 기억되는 걸까? 굳이 따지자면 (따지는 게 좀 우습긴 하지만) 모디아노를 더 좋아하는 나인데 말이다. 아마도 내가 이 책을 읽고 나서, 모디아노의 전작들과는 다르다는 일종의 이질감을 느꼈던 것 같다. 그리곤, 말도 안 되게 기억 속에서 모디아노의 책이 아닌 것처럼 조작을 하지 않았... 을까?

오늘 문득, 상뻬의 다른 책들 사이에서 이 책을 꺼내 첫 장을 펼치니 오랜 친구 현경이의 글씨가 파란 만년필로... 저리 쓰여 있었다. 스물한 살, 그때 그녀는 그러했고, 나는 어떠했던가... 또 가물가물. 당시 나의 현실이 다분히 그러했듯 최루가스 속을 헤매는 것처럼... 맵고 쓰리고 콧물 눈물을 쏟으며 도망치고 또 달리던 기억뿐이다. 다소 섬뜩한 버릇 때문에 이러저러한 단상에 빠져, 몇 줄 남긴다.

최근 나는 모디아노의 소설을 다시 읽고 있는데, 스물한 살 그때 읽었던 순간 못지않게 새롭고 그 순간보다 조금 더 나 자신을 만나는 반가움이 들고 무척이나 짧은 문장 안에 너무도 많은 감성을 담아내는 소설가로서의 모디아노의 깊이에 새삼 당황하고 있다. 나는 특히, 모디아노의 모든 소설에서 첫 문장, 첫 페이지를 좋아하는데, 대개는 번지수나 거리 이름으로 시작하는 건조한 첫문장이 이미 이 소설의 모든 것을 말하는 것 같은 장악력을 지니고 있기 때문이다. 최근 읽은 모디아노의 소설 〈신원미상 여자〉의 시작은 이렇다.

"그해 가을은 유난히 빨리 왔다. 낙엽 쌓인 손 강의 둑은 가을비와 가을 안개에 잠겨 있었다."

이 짧은 문장을 읽는 그 짧은 순간 나는 가을이 유난히 빨리 찾아온 그해 가을비와 가을 안개에 잠긴 손 강을 바라보는 여자...가 되어 소설 속 주인공과 함께 아마도 출구가 없을, 혹은 영영 찾지 못할 자아를 찾아 헤매는 여행을 시작한다. 이번에도 찾지 못할...까...

마지막 문장은 이렇다.

"손 강이나 센 강에서 건져 올리는 여자들에 대해 사람들은 종종 이름을 알 수 없다거나 신원을 알 수 없다는 이야기를 한다. 나도 영원히 그 상태로 남기를 바란다."
...

그때 나를 위하며 책을 고르고, 전하고 싶은 마음을 글로 쓰던 친구의 바람 이상으로 나는 친구가 건네준 책에서 위로를 받았다. 소설 속 인물들은 결코 출구를 찾지 못하지만 찾아 헤매는 것 자체가 우리에겐 힘이 될 수 있지 않을까? 생활에 눌려 내면 들여다보기를 포기하는 순간, 어쩌면 그 순간이야말로 위험한 삶이 시작될지도 모른다.

...

현경에게

지금도 나는 모디아노를 좋아한다.

내 나이 서른여섯... 오늘이 12월의 첫날이니 곧 서른일곱이 된다.

시나리오 쓰기란 무엇인가를 온몸으로 물어대며 보낸 지난 일 년.

많이 힘들었고 많이 기뻤던 한 해였다.

오직 자신의 상처와 마주하는 고독이 무엇인지를 알아가는

잔인한 시간이기도 했다.

짧지 않은, 그러나 남은 생 계속될 싸움을 생각하면 결코 길지 않은

1년이라는 시간의 끝에서 여전히 나는

모디아노의 짧고 깊은 문장들이 좋다.

그러나... 이제는

책보다 사람이 힘이 되고 용기가 되고 위로가 되는 나이인가 보다.

다시 읽는 모디아노가 아무리 좋아도

니가 간혹 할퀴고 가는 상처며 더러 주는 위로의 한 마디가

나에겐 더 깊이 박힌다. 흑흑... 그리고 큭큭...

우리는 여전히 서로에게 위로가 되어주고 있는 건가?

관계에서 많은 것을 포기했지만, 얼마 남지 않은 무엇이

앞으로 더욱 깊고 깊어지기를 빌면서... 물론, 우리 각자도...

진이가.

2

오늘 허영만의 〈오! 한강〉을 밤새워 읽었다.

일제 강점기에 가난한 소작농의 아들로 태어나

해방과 전쟁, 격동의 현대사 속에서

남과 북을 오가며 화가로서 정체성을 찾지 못해 방황하는

한 남자의 이야기,

그리고 좀 더 편안해진 시대에 역시 아버지와 같은 고민을 하는

그 아들의 이야기를 보면서

부끄럽지만 우리가 걸어가는 길의 소명에 대해서 생각했다.

허영만의 만화를 읽기 전에는 대본을 썼어.

초라한 대본이 괴로워

닥치는 대로 책을 읽고 다른 사람들의 대본을 읽으며

어떻게 해야 원하는 지점에 가 닿을 수 있을까,

얼마나 노력해야 쓸 수 있는 것인가

해답을 얻지 못해 서성거렸다.

어제도 책을 읽으며 밤을 새웠고

잠들지 못하는 세월이 계속되는 가운데

이제 기억도 나지 않는

그대 책장 속의 내 흔적을 읽으면서

나는 운다.

부서지지 않았던 오만 때문에

세상이 주는 상처가 잘못이지

이 삶은 내 탓이 아니라고 울부짖을 수 있었던 시절에

우리는 얼마나, 우리는 얼마나...

얼마 전 〈태릉선수촌〉의 홍진아 작가를 만나고 돌아오며

자괴감을 느꼈다.

그녀는 얼마나 단단한지...

포기해야 할 것과 지켜야 할 것들의 목록이 분명하고

어떤 작품을 쓰고자 하는가가 정돈되어 있고...

자기 고백 속에서 헤매는 나는

밤마다 잠들지 못하고

이 방 저 방을 오가며 서성이는데

그대 역시 같은 시간에

서성이고 있음을 확인하고

울컥!

올라오는 그 무엇을 다스리지 못해 울었다.

유운에게

모든 죽음은 거짓말 같구나...

살면서 나이 드니 상사가 많아져

누군가의 떠남을 전화로 듣게 되는 일이 잦아지는데

그때마다 드는 생각은 모두가 거짓말 같다는 것이었어.

고모는 너무 바쁘고, 또 아프기도 해서

감기 바이러스를 가지고 입원한 너를 만나러 갈 수가 없어

아프다는 소식을 듣고도 문병을 미루기만 했다.

네가 이렇게 빨리 갈 줄 몰랐구나...

미안하다, 유운아...

고모에게 사달라고 조르던 핸드폰을 사주지도 못하고

네가 큰 병에 걸려서 많이 아프다는 소식을 듣고도 문병을 못 가서

나는 네 얼굴을 보지도 못하였다.

네가 세상을 떠난 날은 화요일.

고모가 문병을 가려고 계획을 세운 날은...

수요일이었다.

나는 하루 차이로 너의 얼굴을 보지 못하고

영정사진으로 만나야 했지...

네가 고모에게 마지막으로 준 선물은

타블로의 소설집.

이 책이 너의 유품이 될 줄은 몰랐다.

아빠는 아주 의연하고 훌륭하게 너를 보내셨다.

엄마는... 엄마는... 너무 작아져서,

세상에서 없어져 버릴 것처럼 어깨를 말고

너무너무 작아져서

가만히 안아드려야 했지.

하나님이 너를 데려가신 뜻을 묻고 또 물었다.

세상에서 하고 싶은 일이 많았던 너를,

예민하고 예뻤던 너를,

왜 이렇게 일찍 데려가셨는지 계속 묻는다.

세상을 떠나기 하루 전날,

무섭다고 했다는 너...

의사에게 살려달라고 부탁했다는 너...

유운아...

열아홉, 네 나이가 너무 아프고 사무쳐

고모의 눈물이 그치지 않는다...

천사는 지상에 오래 머무르지 않는다고...

하나님이 빨리 데려가신다고...

그렇게 위안하여도

어른들의 미안함이, 덜어지질 않는구나.

미안해, 유운아...

아픈 거... 일찍 몰라봐서 미안해...

너무 미안해...

상주의 이름에 고모 이름이 있어서 깜짝 놀랐어.

그러나 이내 진정했지.

참! 유운이의 엄마와 고모의 이름이 같았지... 그러면서.

그 우연은 우리 유운이가 어느 정도 내가 책임을 져야 하는

일정 부분 고모의 아이이기도 한 깊은 연이 있다는 뜻이었을 텐데

바쁘다는 핑계로 그 책임을 다하지 못하여서

뒤늦은 후회가 가슴을 친다.

유운아... 미안해...

고모가 많이 미안해...

이제 어떡하면 좋아...

다시 유운에게

유운아... 어제는 할머니의 칠순이었어...

네가 가고 나서 처음 맞는 가족모임이었지.

할머니의 칠순에 관한 연락을 받고 나서

나는 일주일 내내 네 생각을 했다.

아마도...

모든 식구들이 그랬을 거야.

할머니는 엄마와 아빠가 안 계신 곳에서 울고

엄마는 아빠와 할머니가 안 계신 곳에서 울었다.

고모 역시...

다 같이 모인 식구들 얼굴을 보면서

이제는 가고 없는 너를 생각하며 울었다.

아빠는...

너를 보내고 나서

식구들에게 더욱 각별해지시고

엄마는 그런 아빠가 가여워 홀로 우신다.

너의 방을, 아직도 그대로 간직하신대...

옷을 태워주는 게 좋다고 해서

네가 가장 아꼈다는

고모가 사준 옷을 태워준 것 외에는

네가 받은 용돈까지 그대로 방 안에 두신대...

엄마랑 아빠는 미국으로 떠나신다는구나...

유운아... 사랑하는 유운아...

그곳에서 너는 홀로 괜찮니?

아프거나 외로울 때는 혼자서 어떻게 하니...

고모는...

그 누구를 만나도

무엇을 해도 재미가 없어

가끔은 생의 무의미함에 절망하지만

어젯밤...

엄마의 대사를 생각하며 마음을 다잡는다.

죽음 앞에서 그 무엇도 중요하지 않다고...

너의 죽음까지 겪었는데

그 어떤 갈등도 중요하지 않다고...

어른들은

아빠를 유운 아빠라고 부르지 않기 위해

단어 하나하나에 주의를 기울이셨다.

그러나 나는 소리 내 울고 싶었단다.

우리 모두 있는 그대로 티내고 아파하고 울면서

너를 보내고, 그 이별을 결국은 삶의 한 과정으로 받아들여

너의 이름이 금기가 아닌

사랑의 추억으로 남기를 바랐다.

유운아…

유운아…

너는 언제 다시 이 세상에…

우리에게 돌아올 거니…

신들의 도시 – 아테네와 산토리니

– 시인은 도시가 생명을 파괴하는 여러 감정을 만들어낸다고 비난했다. 우리의 지위에 대한 불안, 다른 사람들의 성공에 대한 질투, 낯선 사람들의 눈앞에서 빛을 발하고 싶은 욕망. 워즈워스의 주장에 따르면, 도시인들은 뚜렷한 관점이 없기 때문에 거리나 저녁 식탁에서 이야기되는 것에 귀를 곤두세운다고 한다. 그들은 먹고살기가 편해도 자신에게 진정으로 부족하지도 않고 또 자신의 행복을 좌우하지도 않는 새로운 것을 끊임없이 요구했다.

알랭 드 보통, 여행의 기술 중에서.

워즈워스는 도시인이 시골로 여행을 가는 라이프스타일의 창안자라고 한다. 그전에는 아무도 시골로 여행을 떠나지는 않았다고...

알랭 드 보통의 책을 읽고 나면 여행의 의의를 보다 더 정확하게 인지하게 되고 워즈워스의 시의 가치, 호퍼 그림의 내밀한 의미, 고흐가 포착한 풍경들의 위대함을 더욱 잘 이해하게 된다. 여행의 기술, 예술 감상의 기술에 진보를 이루게 되는 것이다.

나에게 여행은 휴식을 의미했다. 언제나 지친 몸으로 이 땅을 떠나 낯선 곳의 침대에서 늦잠과 낮잠으로 소일하는 것이 나의 여행이었다. 그러나 최근 여행은 나에게 새로운 배움이다. 다른 나라, 다른 도시에서 살아가는 사람들과 그 땅의 사람들이 오랜 세월 동안 이룩해놓은 문화와 자연이 나에게 너는 어떻게 살아가고 싶냐는 질문을 던진다. 굳이 이곳의 삶을 고집하지 말 것, 나와 가족과 고향과 조국 너머에 보다 넓은 세상, 다른 의미가 나를 기다리고 있다고 누군가 속삭인다.

아랍 에미리트 항공을 타고 열 시간을 날아서 두바이 공항에서 다섯 시간을 기다려 아테네로 다시 네 시간을 날아갔다. 왕족들이 묵었다는 킹 조지 팰리스에 여장을 풀었을 때 창밖으로 보이는 파르테논 신전은 내가 지금 어디에 있는지를 실감케 했다.

가이드북 〈론리 플래닛〉에 그리스인의 아침은 커피와 담배라더니 남녀노소 할 것 없이 어느 곳이나 헤비스모커들로 가득했다. 햇살이 너무나 찬란해서 선글라스 없이 맨눈으로는 눈을 뜰 수가 없다. 눈길이 닿는 곳마다 유적이요, 발에 채이는 게 유물이라 그냥 걷다 보면 관광이 이루어진다.

아이들은 천사처럼 예쁘고 남자들은 모두가 영화배우 같다. 호텔이건 레스토랑이건 웨이터들이 어찌나 멋있는지 솔직히 말하면 그리스가 준 감흥보다 사방에 넘쳐나는 미남자들에 대한 감흥이 더 컸다는… 앞에 보이는 여자는 무조건 유혹하고 보는, 그녀에게 찬사를 퍼붓지 않으면 모욕을 주는 것이라고 여기는 그리스 남자들의 훌륭한(?) 매너는 부담과 즐거움을 동시에 준다. 동양인의 나이를 잘 알아보지도 못하지만 여자 나이는 무조건 열 살을 깎아주는 덕에 뻔뻔하게 어린 척을 하고 다녔는데 히스테리 부리는 노처녀들은 무조건 그리스나 이탈리아로 보내라는 말이 농처럼 들리지 않았다. 사방팔방에서 서울에서 못 받아본 유혹의 향연을 겪고 나면 성격 좋아져서 돌아온다는 우스갯소리에 왠지 고개가 끄덕여지는 건?

아테네의 카페나 레스토랑 간판을 훑어보면 대개가 이렇다. 케사르, 디오니소스, 암브로시아… 거리에는 플라톤의 두상을 위시하여 철학자들의 동상이 가로수처럼 즐비하고 예술 아카데미의 학생들은 정원에서 그리스의 비극을 연기하고 있었다. 노동인구의 60% 이상이 관광, 서비스업에 종사한다는 그리스는 아직도 기원전의 세계에서 살고 있는 것 같다. 신들은 신화 속으로 사라졌지만 신들의 도시였다는 자부심을 안은 채로.

아테네에서 경비행기를 타고 원래 목적지인 산토리니로 날아갔다. 포카리 스웨트, 이영애의 에어컨 광고로 유명해진 화산섬. 만여 명의 인구가 성수기가 되면 만여 명의 손님을 맞이한다는 작은 섬이다.

제주도의 4분의 1. 호텔들은 바닷가 절벽에 올망졸망 세워져 차가 들어갈 수 없는 좁고 가파른 계단이 통로이다. 그곳의 포터들은 어찌나 불쌍한지. 손님들의 무거운 슈트케이스와 식료품이며 뭐며 호텔운영에 필요한 모든 자재들을 손으로 날라야 한다. 화장발과 조명발의 도시라더니 매일 아침 나가기 전에 공들여 화장하는 여자처럼 호텔들은 매일 새롭게 페인트칠을 했다.

거기에서는 말이 필요 없다. 그저 테라스에 앉아 바다를 보고 있는 것
만으로 하루가 간다. 아무리 봐도 질리지 않는 환상적인 풍경.

닷새를 묵고 돌아오는데 그 아름다움을 두고 오는 것이 아까워 슬픔이
일었다.

하노이 – 호수의 도시

천년의 고도, 하노이.

수백 년 된 나무들이 거리마다 즐비하고 프랑스 식민지였던 역사를 증명하듯이 프랑스식 건축들이 아시아인지 유럽인지 알 수 없게 우아한 서정 속에 서 있는 도시. 수백 개의 호수를 품고 있어 어딜 가나 물을 만날 수 있는 도시.

동남아 식민지 국가 중 유일하게 자력으로 독립을 쟁취한 프라이드가 남자들의 얼굴마다 가득하고 채소를 주로 먹는다는 여자들은 날씬하고 아름답다.

시클로를 타고 하노이 시내를 돌았다. 우울한 날씨 속에 시클로는 느리게 느리게 달렸다.

다음날은 하롱베이, 수천 개의 섬 사이를 배를 타고 떠돌며 바닷바람 속에 와인을 마셨다. 영화 〈인도차이나〉에서 이 세상이 아닌 것처럼 신비롭게 묘사된 이곳은 실제로 보면 우리나라 통영이나 다를 바가 없다. 날씨는 여전히 우울했다.

　마지막 날, 저녁을 먹고 와인에 취한 일행들을 남기고 나 역시 취한 채로 혼자 공항에 가서 비행기를 탔다. 새벽에 인천공항에 내릴 때까지도 나는 취해 있었다. 가이드한테 별 헛소리를 다 했던 것 같다.

　나는 왜 그토록 취했던가.
　나는 왜 그리 비틀거렸던가...

마카오 - 카지노의 도시

　인구 40만, 포르투갈의 조차지였던 이 작은 항구는 카지노로 살아가는 관광도시다. 우리가 묵은 리스보아 호텔은 마카오에서 가장 오래된, 가장 큰 카지노를 보유한 호텔로 유명하다. 이곳에는 전 세계에서 모여든 아름다운 여자들이 장기투숙자로 살아가며 카지노 VIP룸의 부호들을 상대로 비즈니스를 한다고 한다.

　어린이 카지노까지 만들어 장사하려는 사람들.

　마카오는 남자들을 위한 도시라서 남성 사우나에는 수백 명의 미희들이 나체로 돌아다니고 온갖 섹스쇼와 누드쇼가 펼쳐지는 극장들이 있다.

　문득 생각했다.

　경제력과 권력을 가진 남자들을 위해 이 세상에 펼쳐진 수많은 서비스업. 남자들은 지갑 하나 들고 이국의 환락가를 헤맬 때에 여자들은 단 한 사람과의 영원한 소통을 기다리며 그 관계의 유지를 위해 애를 쓰고 있으니 그 남자와 그 여자의 멜로가 잘 될 리 없다고.

남자들은 외롭다. 술에 취하면 느닷없는 용기로 자기의 외로움을 호소한다. 그러나 남자들은 바보다. 어떻게 해야 외롭지 않게 되는지 그들은 모른다.

마닐라에서

못 사는 나라에 가면 이상하게 사람들 얼굴의 표정이 가슴에 남는다. 그들의 눈동자는 하나같이 크고 깊으며 표정은 엄살떨지 않는 비애로 묵직하다.

차도로 뛰어들어 달리는 차를 붙잡고 구걸하는 아이들. 저만큼 뒤에서 아이들의 엄마가 지켜보고 있다. 친자식을 앵벌이로 내몰 만큼 그들의 삶은 절박한 것이다.

한때는 우리나라보다 훨씬 잘 살았다는, 일본에 이은 아시아 2위의 경제 국가였다는 필리핀. 아직도 반군이 들끓어 호텔마다 경비가 삼엄한 도시, 마닐라.

300년 동안 서구의 식민지였던 이 나라에는 유럽식 성당과 교회로 가득 찬 아름다운 거리가 있는데 유서 깊은 유적지로 보이는 그 거리가 사실은 침략의 상흔인 것이다. 수많은 사람들이 죽어간 그 거리의 사형장에서, 지금은 그저 아름다운 유적지로만 보이는 그 폐허의 건물에서 상처투성이로 살아가는 아시아의 운명을 생각했다.

선진국에 가면 문화적 열등감에 시달리고 후진국에서는 서비스를 받으며 왠지 모를 불편함과 미안함을 느끼는 이 소심한 관광객은 인력거를 타고도 이국의 거리 풍경보다는 허약해 보이는 운전사의 가느다란 팔다리가 마음에 걸려 어찌할 줄을 몰랐다.

홍콩, 홍콩, 홍콩...

장국영이 떨어져 죽은 만다린 호텔은 공사 중이었다. 〈패왕별희〉를 보고 나와 거리에 주저앉아 울었었는데... 장국영이 죽은 호텔을 두어 번 지나치며 그의 절망을 생각했다.

〈중경삼림〉에 나와 유명해진 미드레벨 에스컬레이터. 올라가는 데 20분이 걸린다는 그 에스컬레이터를 타고 중간에 소호에 내려 저녁을 먹었다. 서양과 동양이 공존하는 소호 거리, 그 다국적 거리는 따뜻하고 부드럽고 활기찼다.

그런가 하면 음악과 젊음, 열기가 넘쳐나는 랑카위펑은 추위도 아랑곳없는 청춘들로 발 디딜 틈이 없다. 뭔가 그냥 견딜 수가 없어서 밤마다 홍대 앞으로 이태원으로 쏘다니던 20대가 생각난다.

내가 가장 좋아했던 건 트램을 타고 올라간 빅토리아 피크. 좁은 곳에 1,200만을 수용하기 위해 고층건물이 많을 수밖에 없는 홍콩의 야경은 다들 인정하는 명물이다. 홍콩은 지금 도시 전체가 세일중이라 쇼핑을 목적으로 한 관광객들로 넘쳐난다.

루이비통이 나이키만큼 흔하게 널린 도시 홍콩. 에르메스 매장에서 점원들이 부담 없이 2천만 원짜리 모피를 입혀주는 곳. 내가 트레이닝복 차림이었어도 천만 원짜리 친칠라 목도리를 감아주던 아가씨들... 명품매장이 그냥 할인 아울렛처럼 느껴지는 도시다.

다시 간다면 그때 내 곁에는 누가 있을까...

시카고 라이프

　시카고에 친구가 산다. 내 인생의 베스트 프렌드. 처음부터 베프였다기보다 세월이 베프로 만들어 준 인연이다. 살면서 다른 친구들이 떠나가고 새로운 친구들이 생겼어도 그녀는 내 인생에 여전히 중요한 자리다. MBTI 성격 검사를 해보면 나는 우리나라에 1%밖에 없다는 예술가 유형인데 유럽에 가면 나 같은 사람이 30%쯤 된다고 한다. 재밌는 건 확률상 1%밖에 없는 예술가 유형이 내 주변에는 쌔고 쌨다는 거. 사람은 끼리끼리 놀게 마련이다. 그러나 이렇게 모여 있는 1%가 사이좋게 지내는 경우는 별로 없다. 예술가들끼리는 경쟁이 심하고 예민해서 서로 충돌하는 경우가 많기 때문이다. 예술가 유형과 오랜 시간 우정을 유지하는 사람은 예술가의 친구 유형이라고 해서 우리나라에 2% 정도 있는 스타일이다. 시카고 친구가 그 2% 중 한 사람이다. 내가 공모전에 당선되었을 때 다른 작가 친구들이 자괴감으로 괴로워하자 자기는 분야가 달라서 순수하게 축하만 해줄 수 있어 너무 기쁘다고 하던 친구다. 대기업에 다니다가 과감하게 사표를 쓰고 원하는 공부를 하러 시카고로 유학, 졸업 후에는 모교에 눌러앉아 시카고 시민이 되어버린 친구인데 내가 인생에서 막다른 골목이라고 느낄 때, 휴식이 필요할 때 찾아가는 도피처다. 이를테면 마지막 보루?

밤잠 안자는 내가 시카고에 가면 새벽형 인간이 되는 사이클이라 먼저 일어나 아침을 해놓고 출근하는 그녀를 깨운다. 그녀가 씻는 동안 아침상을 차리면 후다닥 먹고 나간다. 혼자 있는 동안 시내를 돌아다니거나 뮤지엄에서 시간을 보내고 나면 오후 네 시쯤 그녀가 퇴근해온다. 우리는 아파트 1층에 있는 마트에 가서 초밥이나 치킨, 와인을 사서 밀레니엄 파크에 간다. 재즈 페스티발 기간. 비치 타월을 깔고 공원의 잔디밭에서 먹고 마시며 재즈를 듣는 것이다. 밤 10시쯤 공연이 다 끝나면 집에 돌아와 뜨거운 목욕을 하고 영화를 보다 잠자리에 든다.

다음날은 시카고 교외의 라비니아 파크까지 음악회 원정을 간다. 침낭과 담요, 타월 등등 여러 가지를 준비하고 샴페인도 잊지 않는다. 실제 대포를 쏴가며 연주하는 차이코프스키의 1812서곡을 누워서 듣는 기분이라니. 공원의 아름드리나무 아래서 나뭇잎 사이로 반짝이는 밤하늘의 별들을 바라보며 오케스트라 속에 잠겨 있었다. 이 특별한 음악회를 위해 시카고에서 라비니아 파크 안까지 운행하는 한 칸짜리 기차도 있다. 음악회 시작 시간에 맞추어 시카고에서 라비니아까지 갔다가, 끝나는 시간에 맞춰 되돌아오는 미니 기차다. 음악회 관객들을 위한 기차라니.

시카고 사람들은 이런 음악회가 생활화되어 있어서 피크닉 보자기와 미니 테이블을 세트로 싸갖고 다닌다. 겨우 두 시간 음악 듣는 동안에도 보를 깐 테이블 위에 촛불을 켜고 화병에 꽃을 꽂는다. 아름다운 시간을 위해 촛대와 꽃병까지 준비해 오는 그 마음의 여유... 누가 가장 아름답게 테이블을 꾸미나 구경하면서 순위를 매기는 것도 나름의 재미다. 비싼 티켓을

산 사람들은 무대 앞 정식 객석에 앉아 음악을 감상하지만 훨씬 더 많은 사람이 무대 근처의 공원이나 숲 속에 퍼져 앉아 자유롭게 음악을 듣는다. 나무에 기대앉거나 심지어 누워서. 파티처럼 계속 술을 마셔가며. 객석에서 듣고 있는 사람들이 전혀 부럽지 않다. 음악은 똑같이 들리고 우리는 자유롭다. 더 행복하다.

시카고 여행의 백미는 존 행콕 빌딩 96층에서 바라본 야경이나 시카고 강을 따라갔던 유람선 투어가 아니라 라비니아 파크의 잔디밭에 있다.

예술가의 도시 사가턱

우리나라로 치면 양수리쯤 되는 곳이다. 시카고에서 차로 한 시간 거리. 요트가 있다면 항해를 해서 갈 수 있다. 물론 요트가 없는 우리는 차를 운전해서 갔다. 서울의 부자들이 양평이나 양수리쯤에 별장을 갖듯이 시카고 부자들이 별장지로 많이 선택하는 곳이다. 시카고 아트 스쿨의 분교가 있어 화가들의 아지트로 유명한 곳인데 인구 만여 명의 조그만 도시에 화랑은 두 집 건너 하나씩. 강가에 방 네 개짜리 미니호텔들이 즐비하다.

나의 시카고 친구는 먼 곳에서 온 나를 위해 사가턱 여행을 계획하고 고르고 골라 숙소를 예약했다. 그들은 계속 친구에게 전화를 했다. 도착하면 뭘 먹을 건지, 스테이크를 먹을 건지 랍스터를 먹을 건지. 재료를 정하고 메뉴를 정하고 선호하는 요리 스타일을 정하는 전화를 몇 번이나 했다. 나중에 호텔에 도착하고 나서야 그들이 왜 그렇게 전화를 해댔는지 알 수 있었다. 미니호텔이라 한정된 손님만을 받기 때문에 레스토랑 역시 정해진 인원만큼만 준비를 해야 한다. 재료를 미리 다 체크하고 딱 고만큼만 사야 했던 것.

비록 객실이 몇 개밖에 없는 호텔이지만 방안은 특급호텔 부럽지 않다.

아침은 룸서비스로 방 앞에 놓아주고 점심은 나가서 해결하지만 저녁은 호텔에 딸린 레스토랑에서 코스 정찬이 나온다. 미국은 주류판매허가를 내는 것이 어려워서 술을 아무데서나 팔지 않는데 우리가 선택한 숙소 역시 아무리 레스토랑이어도 술을 팔지 못했다. 다만 갖고 온 술을 마실 수 있게 세팅은 해주는 시스템이라 우리는 시카고에서 와인을 몇 병 가지고 왔다. 그런데 이게 웬 횡재인가. 와인 시음 행사가 있어 코스마다 어울리는 와인을 두 잔씩 준다는 게 아닌가. 여섯 가지 요리가 나오는 정찬이라 코스마다 두 잔씩 우리는 총 12잔의 종류 다른 와인을 마실 수가 있었다. 친구들이 모여도 서너 병의 와인이 고작이지 이렇게 많은 와인을 맛볼 수 있는 기회란 흔치 않은 것이었다. 우리는 기대하지 않았던 이 행운을 즐거워하며 열심히 먹고 마셨다. 후식까지 서빙이 끝나자 식당엔 요리사가 나와 테이블을 돌면서 맛은 있었는지, 즐거운 시간이었는지를 물었다. 알고 보니 시카고 유명 호텔에서 근무하던 호텔리어와 요리사가 힘을 합쳐서 차린 작은 호텔이었다. 두 사람은 물론 게이 커플이다. 한 사람은 청소를 하고 한 사람은 요리를 하면서 둘이서 감당할 수 있는 적은 인원의 손님만을 받아서 운영하는 것이었다.

부러웠다. 사랑하는 이와 아름다운 강가에서 작은 집을 지어 살고 있는 그들이. 지나가는 나그네들에게 멋진 추억을 선사하며 소박하게 살아가는 사람들이. 이런 강가에서 호텔방이나 셋집을 얻어 6개월쯤 머무르며 글을 쓸 수 있다면 얼마나 좋을까? 실제로 사가틱에는 장기 투숙을 하며 작업하는 예술가들이 많다고 한다. 강가에 앉아만 있어도 영감이 절로 우러나는 쓸쓸하고 아름다운 도시다.

일반 관광객들은 절대로 몰랐을 이곳. 시카고에 사는 친구 덕에 알게 된 도시, 사가턱. 한국에 돌아와서 주변 사람들에게 사가턱 이야기를 많이 했지만 그곳에 가봤다는 사람은 아직 보지 못했다. 누군가 시카고에 간다면, 시카고 시내만 보지 말고 사가턱에 한번 가보라고 권하고 싶다.

뉴욕 스토리

외국 여행이라고 하면 보통은 오랫동안 고민하고 준비하고 꼼꼼하게 체크를 하게 마련이지만 언제나 할 일이 밀려 있고 바쁘고, 일 말고 사생활은 다분히 기분파인 나는 오래전 런던에 갈 때도 무작정 충동적으로 비행기를 탔고 뉴욕행 역시 오늘 티켓 구해 밤에 짐 싸서 내일 출발하는 식이었다. 서울의 일들은 나 몰라라 일단 떠나고 보자 식이다. 어떤 작곡가는 외국 나가면서 손가방 하나 안 들고 오로지 뒷주머니에 신용카드 한 장 꽂고 나간다고 해서 왠지 시크해보였는데 가방 다 싸고 환전도 제대로 하지만 출발의 결정만큼은 나도 시크한 편이다. 뉴욕에 한 달 일정으로 가 있는 친구가 이왕 빌린 집이니 와서 쉬라고 해서 쉴 형편은 안 되는데 그냥 비행기를 탔다. 왜냐고? 뉴욕이니까!

에단 호크의 소설 〈이토록 뜨거운 순간〉의 배경이 되었다는 이스트 빌리지. 영어 못하는 나를 위해 공항에 코리안 캡을 보내준 친구는 이스트 빌리지의 타운 하우스 앞 계단에 앉아 책을 읽으며 나를 기다리고 있었다. 셀러브리티인 그녀 덕에 뉴욕 콜렉션에도 가고 핫 피플들도 많이 만났지만 가장 기억에 남는 건 센트럴 파크다. 그 넓고 깊은 공원. 서울에도 이런 공원이 있다면 얼마나 좋을까, 생각했다. 사실 우리에게도 공원은 많지만 보다 중요한 건 공원을 즐길 줄 아는 문화랄까, 그런 건지도 모르겠다. 샴페인 피크닉이 좋아서 이런 말을 하는 건 아니다. 절대. 나중에 안 일이지만 공공장소에서는 원래 술을 마시면 안 된다고 한다. 미국이나 우리나라나.

센트럴 파크를 한번 보고 나면 그 뒤로 숱한 미국영화와 드라마에서 이 공원을 알아볼 수 있다. 뉴욕에서 영화 찍을 곳은 거기밖에 없는지 하여간에 줄기차게도 찍어댄다.

남들 하는 건 다 하느라고 브로드웨이에 뮤지컬도 보러 갔다. 〈웨딩싱어〉를 볼까 하였으나 9월 한 달 동안 시카고에 어셔가 출연한다는 빅뉴스를 접하고 런던에서도, 서울에서도, 심지어 영화로도 본 시카고지만 뉴욕 버전으로 한 번 더 본다 셈 치고 줄 서서 〈시카고〉 티켓을 끊었다. 가벼운 코미디 느낌이 나는 공연을 보고 나서 뭔가 어둡고 철학적인 분위기까지 풍겼던 런던 버전과 저절로 비교되면서 이 느낌의 차이가 미국과 영국의 문화 차이인가 싶기도 했다. 같은 옷 다른 느낌 같은 공연의 컬러가 재미있어서 앞으로 같은 텍스트를 나라별로, 도시별로 비교해보는 것도 재미있겠다 싶었다.

극장 문을 막 나섰을 때였다. 길 건너편에 '그'가 있었다. 〈섹스 앤 더 시티〉에서 캐리를 그토록 애타게 하는 남자, 빅! 마치 드라마의 한 장면처럼 횡단보도 앞에 그가 서 있었다. 화면과 똑같이 느끼하게 잘 생긴 얼굴을 하고서…

나는 어이가 없어서 앞에 누가 있는 줄도 모르고 자기들끼리 재잘대며 길을 건너는 일행들을 불러세웠다.

－ 저기 저 사람 빅 아니야?

아이들이 파다닥 튀어 오르더니 빅에게 달려가 인사도 하고 악수도 했다. 기념촬영에는 응해 주지 않았지만 친절하게 대화하며 동양의 아가씨들을 상대해주던 빅! 그러는 동안에도 나는 계속 눈앞의 빅이 왠지 비현실적으로 느껴져서 좀 웃기기도 하고 그랬다.

거리에는 〈섹스 앤 더 시티〉의 대형광고판이 있어서 거대한 캐리와 친구들이 우리를 내려다보고 있었다. '어셔' 가 출연하는 시카고도 보고 길에서 '빅' 도 마주치고. 런던에 갔을 때는 길에서 스팅을 본 적도 있는데 이것은 나의 행운일까, 아니면 그저 뉴욕의 일상일까?

우루무치에 가다 – 실크로드의 감동

서울에서 북경까지는 한 시간 반이 걸린다. 북경에서 우루무치까지는
네 시간이 걸린다. 비행기를 타고 실크로드 위를 날아가는데 비행기 아래
는 사막, 설산, 사막, 오아시스의 순서로 장관을 펼쳐 보인다. 무협의 세계
가 어울릴 듯한 거대한 산맥과 사막들. 만년설이 뒤덮인 고산준봉. 만년설
이 녹아내린 호수.

중국의 매혹은 사이즈, 거대한 사이즈에 있다. 만년설과 사막을 눈으로
확인한 것만으로도 의미 있는 비행이었다.

우루무치를 떠나는 날, 천산의 천지를 보러 갔다. 눈이 녹아내려 호수가
되고 그 호수는 설산과 설산 사이의 골짜기를 메운다. 우루무치 사람들은
귀한 손님을 접대한다며 천지에 사는 물고기를 잡아 식탁에 올렸다.

아직도 천막에 사는 우루무치의 위구르족들. 한족이 반, 위구르족이 반
인 우루무치는 중국어와 아랍어가 뒤섞이는 공간이다. 먹을 거라고는 양
밖에 없고 사람들은 깊숙하게 이글거리는 눈동자로 이방인을 바라본다.

의료봉사를 하는 며칠 동안 800명의 환자가 다녀갔다. 나는 부인과에서 일을 하다가 나중에는 접수대에서 분류한 환자를 각 진료실로 안내하는 가이드 봉사를 했는데, 아침 6시에 시작해서 밤 12시에 끝나는 가혹한 일정이었다. 아픈 사람, 가난한 사람, 장애인들을 하루 종일 보고 있으려니 우울하고 무거운 마음 가눌 길 없어 밤이면 홀로 힘이 들었다.

정말로 가난한 사람들은 보여줄 수 없다는 당국의 자존심 때문에 그래도 어느 정도 사는 사람들이 왔다는데, 그들의 삶은 왜 그다지도 남루하고 아팠는지... 그들은 자신의 삶 속에서 또 의연할 테지만, 잠시 스쳐가는 이방인은 마음이 아렸다.

실크로드를 넘어 내가 만난 사람들. 아프지만 그 아픔 해결할 길 없는, 의사가 진료하다 울면서 지갑의 돈을 꺼내줘야 했던 지난 며칠간의 기억들. 그곳은 중국, 서쪽의 먼 사막, 그 가운데 오아시스, 우루무치.

사이판에서

남의 방송 녹화에 따라온 사이판. 배우 한 명당 동행 한 명씩. 매니저나 코디가 따라붙어야 하는 티오에 매니저도 아니면서 노트북 들고 따라왔다.

– 언니, 난 매니저 필요 없어. 옷은 내가 알아서 입을 거니까 코디도 필요 없어. 그냥 언니 와서 리조트에서 글 써.

그녀의 호의에 기대어 사이판 리조트의 방 하나를 차지하고 작업하느라 바닷가 한번 가보지 못하고 일주일을 채웠다. 돌아갈 비행기 시간을 기다리는 이곳은 바다가 보이는 창가. 일식당 겸, 카페 겸, 바 같은 곳인데 지난 일주일 동안 이곳에서 하루 종일 뜨거운 햇볕을 받아가며 글을 썼다. 차도 마시고, 책도 읽고. 때로는 생맥주 한잔 마셔가며.

텔레비전도 친구도 없으니 오로지 가져온 책을 읽는 것과 작업밖에 할 일이 없었고 독서와 작업의 사이사이 나는 많은 생각을 했다. 내가 지금 맺고 있는 관계와 그런 식으로 관계를 맺어가는 나에 대해서. 내가 원하는 것과 상처와 그 때문에 생긴 흔적들을. 왜 자꾸 관계의 오류를 되풀이

하는지 헤아렸으며 결국 해결할 수 없는 문제임을 알면서도 아직도 포기 못하는 미련과 밑바닥에 끈질기게 남아 있는 희망에 대해서 생각했다.

전경린은 〈황진이〉에서 진이의 입을 빌어 생각함도 관계이니 정인을 오래오래 생각하겠다는 말을 남겼다.

이별은 소용이 없다. 생각함을 멈출 수 없으면 관계는 끊어질 수 없고 그 가름이 비록 생과 사로 나뉠지라도 관계는 계속되는 것이다. 가능하면 사랑하는 이들이 원하는 것을 해주고 그들의 이야기를 귀 기울여 듣지만 기실 나는 그 누구에게도 마음 열지 않으며 오랜 시간을 견뎌왔다. 가져야 하는 사람은 내 것이 아니었고 갖고 싶은 사람도 가질 수가 없었다. 그래서 결국 나는 그 누구도 원하지 않게 되었다.

비행기를 타고 네 시간 반을 날아와서야 더운 바람과 햇볕 속에서, 빨갛고 노랗고 파란 지나치게 화려한 남국의 꽃들과 사시사철 시들 줄 모르는 잔디, 코발트 빛 바다와 그림 같은 구름을 보면서 지인들과 술, 온갖 텍스트들... 외로움을 잠시나마 가려주는 포즈들을 모두 잃어버린 상태로 비로소 깨닫는, 정말 혼자라는 사실.

오래전 강화도를 여행할 때 바람이 하도 불어 어느 집 처마 밑에 잠시 쉬면서 지나가는 여인에게 한마디를 던졌었다.
– 바람이 많이 부네요.

그 여인이 싱긋 웃었던가, 그저 무심히 말했던가.

– 사무치지요.

　사무친다는 말을 아는가. 발음만으로도 왠지 서러운 그 말. 사무친다는 말을. 사무치는 바람. 사무치는 외로움. 사무치는 그 마음을. 사이판에 와서 불현듯 떠오른 그 강화 여인. 이제야 깨닫는다. 바람이 사무친 것이 아니라 그 여인의 마음이 사무친 것이었구나. 그녀도 외로운 사람이었구나...

광주에 가다

걸어갈 수 있는 거리에 극장이 있다. 그러나 이사 와서 한 번도 안 가본 극장. 이 추운 밤에 한번 가봤다. 고른 영화는 〈26년〉. 첫 장면부터 마지막 장면까지 슬픔이 가슴을 먹먹하게 만드는 영화.

극의 베이스가 역사적 사실을 기초로 하기 때문에, 한국사에서 그 누구도 그 상처에서 자유로울 수 없는 광주의 비극에서 출발하고 있기 때문에, 영화 속의 그 사람들 너무 아프게 살았기 때문에 그 아픔, 그대로 전달이 되어 보는 내내 눈물이 난다.

어느 날 갑자기 끔찍하게 가족을 잃은 사람들이 그 상처로 생이 내내 고통스러운데 복수를 할 기회가 생긴다. 그들은 주저 없이 응징을 선택한다. 자기가 부서지더라도.

그렇게 그들은 그에게 다가가는 한 발, 한 발을 위해 목숨을 걸고 인생을 버린다. 그리고 그 과정에서 서로를 사랑하게 된다. 그 사랑 때문에 평생을 별러 온 원한이 흔들린다. 사랑하게 된 사람을 지킬 것인가, 미워하는 사람을 죽일 것인가. 그 선택의 기로에서 눈물 흘리는 사람들.

영화는 끝이 나고 집에 돌아왔지만 마음의 일렁임을 참을 수 없어 새벽에 짐을 꾸려 광주에 갔다. 영화 속 금남로와 도청 앞을 걸으며 추위에 떨었다. 하루, 이틀, 사흘, 나흘, 닷새... 그렇게 좀처럼 광주를 떠나지 못하고 도시를 배회했다.

월드컵 보러 간 게 마지막이었으니 근 10년 만에 다시 찾은 도시. 월드컵 때의 기억은 오로지 경기밖에 없어서 광주에 대한 인상은 남아 있지 않았다. 며칠 있어보니 아가씨들은 자존심이 세고 남자들은 어딘가 우울했다. 식당에서는 서울에 흔한 연변의 조선족 아줌마들 대신 10대 아이들이 서빙을 하고 주인은 간 곳이 없었다.

상처받은 도시, 위로가 필요한 도시.

부산과 자꾸만 비교가 되었다. 그 놀기 좋은 도시와.

맛의 고장 전라도인데도 식욕이 없고 어느 술집에 가도 그리 즐겁지 않았으며 그녀들의 과거사는 아팠다. 정작 광주 출신의 지인들은 영화 〈26년〉을 보지 못하겠다고 한다. 너무 아플까 봐. 두려워서 못 보겠다고. 그 마음도 충분히 이해가 간다.

노트북을 들고 갔지만 거의 글을 쓰지 못했다. 그 땅의 상처가 풍겨내는 기운에 발이 빠져 낮에는 호텔의 커튼을 치고 내리 잠을 자고 해가 지면 밤거리를 돌아다녔다. 그러면서 좀처럼 서울로 돌아가지 못했다. 무언가 더 해야만 할 것 같았다. 누구에게라도 사과하고, 무엇이라도 해야 할 것 같았다. 사라진 영혼들을 위해 기도했으나, 그 기도조차 그저 부끄러울 뿐.

가고시마에서 심수관을 만나다

임진왜란 때 일본으로 끌려간 조선의 도공들. 그 후예들이 모여 사는 가고시마 도예촌에 갔다. 조상의 이름을 자식이 그대로 물려받으며 고택과 가마를 지키는 심수관 일가. 14대 심수관 할아버지는 존재 자체가 예술이었다. 한 가지 일에 평생을 바친 장인의 기품이 보는 사람을 편안하고 맑게 만들었다. 그러나 한복을 입고 끌려와 이제는 일본의 자랑으로 살아가는 심수관 일가의 역사가 담긴 박물관 안에 서서 차오르는 슬픔을 느꼈다.

아버지가 가족을 지키지 못하면, 나라가 백성을 지키지 못하면 생명은 이렇게 찢기고 흔들린다.

아버지와 똑같이 생긴 15대 심수관은 일본과 한국 도예의 차이, 흙이란 무엇인가, 그릇이 구워지는 과정에 대해 설명해주었다. 그는 다만 도공이었고, 예술가였을 뿐이다. 전통을 고수해야 할지, 새로운 창조를 해야 할지 몰라 한국으로 이탈리아로 떠돌았다는 사람.

어머니가 요구한 단순한 접시 하나. 어머니는 무엇을 만들어와도 계속 고개를 저었다. 그는 이탈리아로 갔지만 선생에게 반항만 하다가 학교를 그만두고 몇 년을 방황하게 된다.

　남의 흉내는 아무 소용이 없다는 것, 오로지 스스로 감동할 수 있는 바를 찾아내야 한다는 그의 결론은 나에게도 울림을 주었다. 자기는 그동안 기술만 배웠다는 통탄은 기술조차 습득하지 못한 나에게 부끄러움과 아픔이 되어 다가왔다.

　마침내 5년 만에 만들어낸 빵 접시. 그러나 어머니는 돌아가신 후였다. 어머니의 염은 이루었지만 사랑하는 이는 가고 없을 때 그의 마음은 어떠했을까.

　한국으로 건너가 대학원에 진학하려 하지만 일본인의 이름을 한국식으로 고쳐오라는 요구에 당황한다. 그는 정식 제도권에서 배우는 것을 포기하고 전국의 도요지를 방랑한다. 그러나 한국에는 혼이 남아 있는 도요지가 한 군데도 없었다고, 새로운 도요지를 찾아갈 때마다 절망만 안고 돌아왔노라고 한다.

　단 한 군데 발견한 곳은 장독을 만드는 작은 가마. 오가는 길손도 귀하게 대우하며 새참을 나눠 먹는 여주의 항아리 공방에서 1년 동안 장독을 만들었다고 한다. 한국인이냐, 일본인이냐는 중요하지 않고 다만 함께 하는 동반자일 수 있었다는 노동의 세월이었다.

　- 두 개 중 하나를 선택하라고 강요하지 마십시오. 난 두 개의 나라를

다 버릴 수가 없습니다. 전통이란 무엇인가. 오랜 세월 축적된 기술로 현세의 요구에 부합하는 것입니다.

요 며칠 계속된 감독들과의 싸움, 스스로에 대한 작가적 질문에 답을 준 심수관 선생님의 마지막 가르침이었다.

한국에 돌아와서 가고시마 이야기를 담은 한수산의 소설 〈400년의 약속〉을 읽었다. 전시관인 수장고를 직접 보고도 나는 그 작품들의 질을 알 수가 없었다. 그냥 그러려니... 했는데 작가인 한수산의 눈에 전시품들이 허접해 보였나 보다. 그것은 사실이었고 이유를 알고 나니 가슴이 아팠다. 도공들은 좋은 작품, 완성된 작품을 가질 수가 없었다는 것이다. 잘못된 것, 금이 간 것, 깨야 할 흠 많은 작품만 남겨가질 수 있었단다. 완성품을 갖는 것은 목숨을 걸어야 할 일이었다고.

흐트러짐 없는 깨끗한 이국의 시골길에서 나 홀로 세월과 망국과 예술과 사람 사이에 아파하며 서 있던 기억이 책 속으로 새삼 파고든다.

두 번의 여행

연달아 두 번의 여행을 다녀왔다. 동료 작가들과 강릉의 바다, 엄마와 이모님들 모시고 제천의 스파.

친하게 지내는 작가들이 그동안 각자의 아이들 데리고 미술관 나들이도 하고 어울려왔는데 독신인 나는 좀 어정쩡하기도 하고 바쁘기도 해서 한 번도 못 나가다가 더 빠지면 안 될 것 같아 과감하게 합류했다. 나는 어린 아이들 데리고 가는 여행이 처음이어서 그 시끄러움과 연달아 터지는 자잘한 사고들과 엄마들의 야단 속에 혼이 나갈 뻔했다.

동해의 자연산 회도 맛있고 펜트하우스 리조트는 호화롭고 모두가 좋아하는 사람들이었지만 아이들이 있으니 모든 것이 아이들 중심으로 돌아갈 수밖에 없는 시스템에 적응해야 했다. 난 이 세상 모든 유부녀 작가들과 맞벌이 엄마들을 존경하게 되었다. 나는 애들 데리고 단 한 글자도 못 쓸 거 같다. 아이들 건사해가며 틈틈이 글을 쓰고 재워놓고 밤새우는 엄마 작가들에게 경의를 표한다.

그래도 그 시간이 견뎌지는 것은 아무리 피곤하고 힘이 들어도 아이들에게는 희망이 있기 때문이다. 그들을 가르치는 것, 그들과 갈등하는 것, 그들을 사랑하는 것... 그 모든 마음이 희망을 키우는 일이다. 내 생은 여기서 끝나지만, 이것밖에 안 되지만 나의 아이를 통해서 내 삶이 이어지고 더 나은 삶이 오리라는 기대와 희망 같은 것.

침대가 모자라 사내 녀석 한 놈을 데리고 잤는데 자다가 다리가 올라와도 너무 가볍고 신기했다. 달콤한 아이 냄새, 보드라운 피부, 순한 머리칼... 결혼한 친구들이 남편하고 자기 싫어하고 아이만 끼고 자는 게 이해가 안 됐었는데 그게 무슨 기분인지 알 것 같았다. 아이는 너무 예쁜 완전체다. 엄마가 되어보지 못한 나는 그 낯선 경험이 새롭게 와 닿았다.

돌아오자마자 이번에는 환갑, 칠순 넘으신 엄마와 이모들, 외숙모를 모시고 제천에 스파 여행을 떠났는데 원래는 남동생에게 운전을 시킬 예정이었으나 아무리 할머니들이어도 여자들끼리 가는 여행에 동생도 뻘쭘하고 다들 불편할 것 같아 내가 운전대를 잡았다. 그리고는 후회했다. 나도 이제 정말 젊지 않구나. 하루 세 끼 챙기고 산책 프로그램 시간 맞춰 나가고 스파와 찜질방 넣어드리고 술 대작해드리고... 온돌방 온도 맞춰드리고 모두의 기분 신경 쓰면서 노인네들 수발에 완전 녹다운. 가서 일하려고 노트북 갖고 갔지만 웬걸, 펴보지도 못했다. 아이들 데리고 간 여행보다 곱절은 더 피곤했다.

그리고 미안해졌다. 결혼도, 손주도 안겨드리지 못한 딸. 나는 엄마에게서 생의 희망을 앗아간 셈이다. 살아온 날들이 지리하게 멀고 죽음이

코앞에 다가온 나이, 노인들은 새로 태어난 아이들을 통해 마지막 위안을 받는다. 나, 그런 위안 드리지 못한 딸이며 앞으로도 가능성이 희박한 딸이다. 미안해 엄마...

남들처럼 평범하게 살지 않는 작가 딸의 팔자에 눈물짓는 엄마. 당신이 원하는 것이 딸의 성공이 아니라 행복임을 알지만 인생은 원래 뜻대로 되는 것이 아니어서 딸은 오늘도 엄마의 눈물을 닦아드리지 못했다.

독신의 자유 덕에 여행이라면 늘 좋은 사람들과 편안하게 다녀오곤 했는데 이번에는 아이들과 노인들을 돌보면서 인생 공부, 사람 공부 한 여행이었다.

〈늑대소년〉

보고 싶었다, 이 영화. 누군가와 함께.

혼자 보기 싫어서 오랫동안 아껴두다가 결국은 보게 되었는데 만듦새가 세련되게 잘 빠지진 않았다. 기대보다.

그러나 가슴 찢어지게 울 수 있다. 여자라면.

가장 큰 사랑은 상대방을 위해 그 사람의 미움을 감수하는 것. 사랑하는 철수를 살리기 위해 철수의 뺨을 때리고는 울면서 오지 말라고, 이제 싫다고, 지겹다고, 꺼지라고 소리치는 순이의 아픔도 절절하고 그런 순이를 이해할 수 없어 그저 따라가려 하는 철수의 마음도 아프다. 못 오게 하려고 때려놓고 그렇게 때린 것이 또 못내 맘 아파서 절절매는 순이의 애달픈 손짓.

– 기다려. 내가 다시 올게.

쪽지 한 장 써놓고 떠났지만 삶은 비정하여서 그녀는 그를 잊고, 아니 외면하고 자라서 결혼도 하고 아이도 낳고 맛있는 것 먹고 입고 싶은 것 입고 살다가 할머니가 된다.

43년이 지나 아직도 그 자리에서 순이를 기다리고 있는 철수를 보고 순이는 무너진다. 그러나 철수에게 돌아가지는 않는다. 그럴 수 없다.

그 기다림은 어쩌면 환상이었는지도……

영화를 보면서 킹콩의 순정을 떠올렸다. 고립된 섬 속 절벽에 살면서 일출과 일몰의 아름다움만이 유일한 위로였던 절대자. 원주민들은 공포에 시달리며 제물을 바쳤고 공룡들은 시도 때도 없이 덤볐다. 그 섬의 생물들은 그와 소통할 수 있는 존재가 하나도 없었다.

그런데 그녀가 왔다.

그를 위해 재주를 넘어 보이던 그녀. 누군가 자기를 위해 뭔가 하는 게 처음이었던 킹콩은 단번에 그녀를 사랑하게 되었다. 그 뒤로 그의 생애는 그녀를 향한 질주, 하나뿐이었다. 그녀의 목숨을 구하기 위해 온몸을 찢겨가며 공룡들과 싸웠고, 클로로포름에 마취가 되어가면서도 그녀를 향해 손을 내밀었고, 쇠사슬에 매달려서도 그녀를 닮은 금발만 보면 몸부림을 쳤고, 전투기의 공격 속에서 그녀를 지키기 위해 빌딩 꼭대기에서 사투를 벌였다.

오로지 사랑하는 이를 향한 일편단심 외에 아무것도 없는 킹콩의 우직한 사랑은 뭔가를 울린다. 그 어떤 미남 배우보다 멋있어 보이는 고릴라라니. 사나이 순정은 이런 게 아닐까? 아무것도 재지 않고 절대 순정을 바치는 것. 인간은 그런 사랑 할 수 없는지도 몰라. 킹콩과 늑대소년의 한결같은 사랑은 그들이 인간이 아니라서 할 수 있었던 사랑이었는지도.

<건축학 개론> – 첫사랑, 말하지 못한 사랑

　　새벽 네 시, 작업을 마치고 편의점에 가서 피처 하나와 캔맥주 하나를 사고. 여유 있게 더 사지는 않았다. 경험에 의하면 아무리 많이 사도 결국 냉장고에 있는 술은 끝까지 다 마시고 나서야 잠들게 되기 때문에 다음날의 작업을 위해 조금만 산다. 귀찮아서 중간에 또 사러 나오지는 않으니까. 암튼 맥주를 장착하고 VOD를 골랐다. 술과 함께 보는 영화는 주로 한국 영화를 고른다. 자막 보려면 집중해야 하니까. 그래서 선택된 영화가 <건축학 개론>. 제목이 왜 건축학 개론인가 했는데 보고나니 더없이 잘 어울리는 제목이라는 생각이... 이제훈의 연기가 정확하고 섬세했다. 이 영화로 다크호스가 된 이유 납득.

　　스무 살. 사랑하는 사람에게 아닌 척하고(티 다 나는데) 망설이고 주춤거리다 놓쳐버리는 나이. 자기가 정말 원하는 게 뭔지 잘 모르는 나이.

　　제주학원 출신의 비전 없는 음대생으로 그래도 그럭저럭 얼굴은 봐줄 만 한 것 같아 장차 아나운서를 꿈꾸는 속물 아가씨. 아나운서가 되고 싶은 것도 부자 남편을 만날 수 있지 않을까 하는 철없는 기대가 다다. 압서방(압구정 서초동 방배동) 사는 선배를 짝사랑하는 그녀에게 순댓국집

아들인 정릉 남자는 감히 내가 널 좋아한다는 말도 못하고. 오해인지 사실인지 알 수 없는 참혹한 밤이 지나고 사랑했던 여인에게 꺼지라는 말밖에 돌려줄 수 없는 이 찌질이는 먼 훗날, 다시 찾아온 그녀와의 재회에서도 여전히 찌질하게 군다.

웹툰 〈루드비코의 만화영화〉에 나온 리뷰를 보면 이 영화는 모든 찌질한 남성들의 판타지라고. 사랑하는 여자에게 고작 짜증나는 반대 어필밖에 할 수 없었던 이 세상 평범남들이 그래도 사실은 첫사랑 그녀가 나를 좋아했다고 믿고 싶고, 불행한 결혼 끝에 나를 다시 찾아와 여전한 마음을 확인하고 갔으면 좋겠다는 그들만의 판타지라고.

뭐 이렇게 따지면 여자들에게는 판타지가 없나? 술 먹고 전화질을 해대는 헤어진 연인들에게 그래, 네가 아직 나를 좋아하는구나 착각의 미소를 지어본 적 없는가. 그건 단지 술주정일 뿐인데도.

디테일이 살아있는 이 영화는 재미있다. 그리고 많은 생각을 하게 만든다. 첫사랑이 떠올라 그 애와 술을 한 잔하고 싶을 만큼.

〈하치 이야기〉 – 변하지 않는다는 것

우울한 아침. 모닝커피보다 모닝 무비 한편.

이 영화는 플롯이고 뭐고 없다. 개와 주인이 만나고 친해지고, 주인이 죽고 개는 그걸 모르고 10년 동안 기다리다가 죽는다는 그런 얘기다.

아키타견이라는 종류의 충심 깊은 일본 개 하치가 미국으로 보내졌는데 역에서 박스가 떨어져서 유기견이 된다. 퇴근길의 대학교수 리처드 기어가 하치를 주워서 집으로 데려가지만 아내는 결사반대. 여차여차하다가 결국은 집에서 키우게 된다. 공 물어오기라든가 뭐 이런 개들의 아양은 떨지 않지만 변치 않는 헌신과 충심을 보여주는 하치. 그는 주인이 출근할 때 배웅하고 퇴근할 때는 마중을 간다. 변치 않는 사랑, 한결같은 기다림.

그러다 주인이 죽는다.

강의 중 쓰러진 주인의 실제적인 죽음을 목격하지 못한 하치는 날이면 날마다 역에 나가 주인을 기다린다. 아내는 집을 떠나고 딸 부부가 하치를 데려다 키우지만 하치는 어디에 있든지 먼 길을 달려 역으로 돌아온다.

그리고 시작된 10년의 기다림.

개들은 원래 주인이 자기를 버려도 그게 뭔지를 모른다고 한다. 그 상황에 대한 이해가 없어 그저 한결같이 그 자리에서 기다린다고…

비가 오나 눈이 오나 역사의 문 앞에서 가고 없는 주인을 기다리는 하치. 하치의 순정과도 같은 충심에 감동받은 사람들이 너도나도 개를 돌본다. 역무원이, 핫도그 장수가, 선물가게 주인 부부가 하치에게 물과 먹이를 주면서 그의 기다림을 지켜봐 준다.

그 세월이 10년이다.

주인이 죽은 다음 날부터 하염없는 기다림을 시작하는 그 순간, 거기서부터 눈물은 쏟아진다. 10년을 하루같이. 비가 오나 눈이 오나.

오랜 기다림 끝에 주인의 영혼이 하치를 데려간다. 하치, 고요히 눈을 감는다.

사랑을 구경하기 힘들어지는 이 시대, 하치의 순정이 인간을 부끄럽게 만들고… 무한 감동을 준다.

이 영화, 실화다.

니콜 키드먼의 매혹

〈인베이젼〉

이혼한 남편이 말한다. 이제 외계 생명체에 잠식당해 기억은 그대로이
되 자기 자신은 아닌 그가. 감정이 없어져서 무슨 말이든 솔직하게 할 수
있는 그가.

- 우리가 왜 헤어졌는지 알아? 당신에게 내가 3번이었기 때문이야. 당
신은 아들을 너무나 사랑했지. 1번이 아들, 2번이 일, 남편인 나는 늘 세
번째였어.

감염된 후 하룻밤을 자고 나면 외계생명체로 변해버리기 때문에 니콜
키드먼은 필사적으로 잠들지 않으려 노력하면서 그 사이 아들을 구해내기
위해 고군분투한다. 내가 아닌 내가 될까 봐, 사랑하는 아들과 연인을 잃
을까 봐 공포에 시달리는 여인.

그 공포는 몸속에서 튀어나오는 에이리언이나 무차별적으로 파괴해대
는 우주전쟁의 우주선 못지않게 무시무시한 것이었다. 귀신이 무서운 이
유는 소통이 어려운 이질적인 존재기 때문이라고 생각한다. (소통이 되면
더 무서울라나?) 내가 아닌 다른 존재로 변하는 것을 거부하는 사람들을

보면서 우리는 결국 자기 자신을 사랑하며 개개인에게는 스스로가 우주의 전부인 소중한 존재라는 자각이 들었다.

내가 나이고자 하는 것, 그것은 우리가 존재하는 가장 기본적인 전제조건인 셈이다. 나의 역사에는 소중한 이들과의 관계가 들어 있으며 그들 없이 홀로 존재하는 것은 무의미하다.

〈래빗홀〉

니콜 키드먼은 남자보다 여자들이 더 좋아하는 배우 같다. 신비로우면서 배역에 대한 몰입, 캐릭터에 대한 이해가 놀라운 매혹의 그녀.

똑같은 부모 입장에서도 자식을 잃은 슬픔은 각자 다를 수밖에 없다. 부부임에도 그 상처는 서로 공유되고 치유될 수 없는 절대 고독의 고통이라는 점이 고요하고 절절하게 전달된다.

보면서 내내 아들을 잃은 사촌 오빠를 생각했다. 자식을 잃고 먼 나라로 떠나버린 오빠를. 각자 다른 곳에서 눈물 흘리던 오빠와 언니를.

너무 아파서 서로를 향해 그 상처를 꺼내 보일 수 없었던 그 고통의 순간들. 부모를 여의는 것보다 자식을 잃는 일이 더 고통스러운 것은 우리가 그 이별에 예비가 안 되어 있기 때문이 아닐는지. 부모님은 언젠가 가실 줄 알고 있었지만 자식은... 그들을 먼저 떠나보낼 줄, 미처 몰랐던 일격이었기에.

사랑하는 존재를 잃어버리고 다시는 만날 수 없게 되었을 때 우리는 신을 찾게 된다. 신앙이 아니면 그 믿음이 아니면 이 이별, 받아들일 수 없기에. 다시 만날 수 있다는 희망조차 없다면 남은 생 너무 아프기에.

〈인 타임〉 - 우리는 모두 시간을 잡아먹는다

25세에 노화가 멈추고 1년의 시간을 부여받는 인생.

이 세계에서는 시간이 다 돈이기 때문에 시간 3분으로 커피를 사고 2시간을 내고 버스를 타고 59년쯤 내면 스포츠카를 탈 수 있고... 뭐 이런 식이다.

빈민가의 아이들은 25세가 되자마자 부모가 진 빚을 갚기 위해 1년을 몽땅 써버리고 결국 하루 벌어 하루 먹고 사는 하루살이 인생이 되고 만다. 시간이 0이 되면 그 자리에서 심장이 멈춘다. 빈민가의 거리에는 시간이 없어 죽어버린 시체가 즐비하다.

그에 비해 수천억 년을 쌓아둔 최상류층 부자들은 자기들만의 구역에서 보디가드들에 둘러싸여 안전하고 고급스러운 삶을 영위하고 있다. 시간이 더 필요하면 빈민가의 물가를 하루아침에 상승시키고 누군가에게 빼앗은 시간으로 점점 더 부자가 되어 간다.

이 남자, 눈앞에서 엄마를 잃었다. 이틀 치의 대출금을 갚고 1시간 반을 남겨서 버스를 탄 엄마. 버스비가 두 시간으로 오른 것을 모르고 차에 올랐다가 승차거부를 당한다. 아무도 차를 태워주지 않고 누구도 시간을 빌려주지 않는다. 아들이 기다리는 곳까지 걸어서 두 시간. 아들을 만나 시간을 충전 받으면 되지만 남은 시간은 한 시간 반. 30분이 모자란다. 엄마는 그야말로 목숨 걸고 뛰어간다. 버스에서 엄마가 내리지 않자 아들도 엄마에게 닥친 위험을 감지하고 미친 듯이 뛰어간다. 생명을 건 질주. 눈앞에 서로를 마주 보며 필사적으로 달리지만, 단 1초가 모자라 엄마는 죽고 만다. 아들의 품에서 그대로 절명하는 엄마…

사람들은 몇 분, 몇 시간을 위해 강도질을 하고 10년을 가진 사람은 살해당하기 일쑤다.

이 남자, 엄마를 앗아간 시스템에 복수하기 위해 최상류층으로 파고 들어가는데…

목숨을 건 도박, 그리고 거기서 만난 한 여자… 너무 많이 가져서 가진 걸 빼앗길까 봐 세상에 담을 치고 자유를 잃어버린 극상류층의 삶.

부익부 빈익빈.

자본주의 사회에 대한 놀라운 은유를, 시간에 쫓기며 살아가는, 그럴 수밖에 없는 현대인들에게 경종을 울리는 기막힌 설정이지만… 결국은 용두사미. 훌륭한 아이템을 끝까지 소화하지 못한다. 그래도 중반부까지는

흡입력이 있다. 장발장을 쫓던 자베르 경감을 연상시키는 집념의 타임키
퍼는 그가 지키고자 하는 것이 신념이나 공익이 아니라 결국 돈, 시간, 시
스템이기 때문에 존중이 안 되고 남자에게 반하는 여자는 설득력이 부족
하고 그들의 강도 행각은 어이가 없지만 우리가 어떤 세상에서 살고 있는
가, 나는 무엇을 낭비하고 있는가, 모두가 소중한 것을 잃어가고 있지는
않은지 여러 가지를 돌아보게 해 준다.

<헬프> – 진실을 말하는 용기, 세상을 바꾸는 힘

1960년대. 미국 미시시피 주 잭슨시티.

노예는 해방되었지만 인종분리법으로 버스 안에 흑인 지정석이 있고 화장실조차 같이 쓸 수 없었던 시대. 흑인이 투표하러 가면 그 사람의 자동차를 불태우던 야만의 시절.

할머니는 노예였고 어머니는 가정부였으며 딸도 가정부가 될 수밖에 없는 흑인 여성들의 삶. 남편은 폭력적이고 자식은 세상에 나가 핍박당하다 죽는다. 그들은 백인의 아이를 키우지만 그 아이는 커서 새로운 주인이 된다.

아프리카를 위해 모금파티를 열지만 같이 사는 흑인 가정부에게는 화장실도 못 쓰게 하는 허위와 기만. 생존을 박탈당할 위험을 감수하고 테러의 표적이 될지도 모르는 위협 속에서도 그들은 이제 진실을 말하기로 한다. 자신들이 받은 차별을, 모멸을, 고통을, 아픔을.

우리나라 영화 <하녀>를 떠올렸다. 돈을 주는 고용주라고 해서 그들을 모욕할 권리는 없으며 영혼에 대한 소유권은 더더구나 없다.

1960년대, 남의 나라 이야기. 그러나 우리는 얼마나 더 나아졌는가, 우리는 그들과 얼마나 다른가…

나의 드라마를 생각한다.

언제 어느 자리에서나 잊지 말아야 할 것. 우리가 인간이라는. 그리고 그들도 인간이라는 사실.

〈최종병기 활〉 – 그들이 지키고 싶었던 것

　　역적의 자손으로 아버지 친구의 집에 숨어 사는 남이. 세상에 나갈 수도, 세상을 뒤집을 수도 없었던 그는 하나뿐인 누이 자인만이 유일한 생의 목적이다. 누이를 구해내기 위해서였지만 아버지와 함께 죽기를 자처하는 무모한 자인과 달리 눈앞에서 아버지가 죽어가는 장면을 보면서도 그저 도망칠 수밖에 없었던 어린 날에 대한 회한과 자괴감이 그를 무력하게 만든다.

　　이 영화에는 악인이 없다. 병자호란의 결과는 참혹하지만 그들은 모두 사랑하는 사람을 지키기 위해 싸울 뿐이다. 이경영은 멸문의 위험을 감수하고 친구의 자식들을 받아들이며 그 아내는 남편의 처사가 맘에 안 들지만 그래도 받아들이고 심지어 아들과 자인의 혼사도 결국 받아들인다. 박해일은 포로로 끌려간 누이를 구하기 위해 활 한 자루 들고 목숨을 걸고 함께 자란 신랑 김무열 역시 자기가 할 수 있는 최선을 다해 부인을 지킨다. 두 남자의 사랑을 받는 자인역의 문채원은 그들의 사랑에 보답코자 어떤 상황에서도 무너지지 않으며 씩씩하게 자신을 지킨다. 청나라 군인들조차 왕자는 삼촌들을 믿고 삼촌들은 조카를 위해 싸운다. 전우가 죽어가면 아파하고 시체라도 놓치지 않기 위해 목숨을 걸고 적을 향한 추적을 절대 포기하지 않는다.

여동생을 구하려고 사지를 넘어온 오라비가 재회의 순간에 내뱉는 한 마디.
- 미안해. 너무 늦게 와서.

여자는 울부짖는다.
- 함께 할 수 없다면, 차라리 같이 죽어! 절대로 나 혼자 떠나진 않을 거야!

아버지를 두고 떠나와야 했고, 오라비를 죽여서 살아남아야 했던 처절한 생. 그녀는 그 고독보다 함께 죽는 비극이 낫다고 생각한다. 그러나 세상과 싸우는 건 남자다. 지키려는 남자의 희생을 무의미하게 만드는 그녀의 반항에 오라비는 모질게 뺨을 친다.

단순한 플롯. 긴장감 넘치는 액션의 속도. 리듬.

집중해서 볼 수 있었던 건 그들이 목숨을 거는 이유가 바로 사랑이기 때문이다.

라디오 사극을 쓸 때 제일 힘들었던 시기가 임진왜란과 병자호란이었다. 선조들이 겪어낸 고난이 너무 엄청나서. 나중엔 양란에 관련된 도표만 봐도 눈물이 났다. 도표에도 감정이입이 될 만큼 힘들었던 글쓰기였는데... 5, 60만이 끌려간 병자호란의 역사를 관통하는 그들의 이야기에서 그때의 집필 경험이 떠올라 감회가 새로웠다.

<어톤먼트> - 슬픈 고통, 아픈 감동

그 남자, 가정부의 아들. 아버지가 대학에 보내준 남자.

귀족 아가씨인 세실리아는 그와 말도 섞지 않는다. 싫어서가 아니라 사랑하기 때문에. 이 사랑의 결말이 뻔히 보여 그에게 말 한마디 건네지 않으며 외면하려 애쓰는데...

그가 의대에 간단다. 이 집을 떠난단다.

평생을 참아온 사랑, 둑이 터지듯 한순간에 터져버려 사랑을 말하기도 전에 눈물 흘린다. 서재의 사다리에 기대어 치르는 격정. 그러나 그 남자를 사랑한 것은 세실리아만이 아니었다. 열세 살 어린 동생, 탈리스.

그가 자기를 구해주는지 보려고 물에 뛰어들어 무모하게 목숨을 걸었을 만큼 절대적인 사랑이었지만 어리다고 무시당하고 소외당한 가운데 그 사랑, 언니가 가진다. 자기가 게임에 참여할 수 없는 성의 세계, 그 세계에 대한 분노와 혐오와 동경이 뒤섞여 그를 추행범으로 몰고 그는 감옥 대신 군대에 간다.

그 남자를 믿었던 세실리아는 가족들을 버리고 그를 찾아 간호사가 되지만 연인들은 두 번 다시 만나지 못하고 탈리스는 소설가가 되어 한평생 그들에게 속죄하는 삶을 살아간다.

두 번째 보게 된 영화.

처음에 볼 때는 연인들의 비극이 가슴 아팠는데 다시 보니 탈리스에게 연민이 간다. 이미 그들이 어떻게 될지를 알고 있어서 초반부에 이미 가슴이 찢어지는 것 같았다. 자막이 올라가며 울었다.

이런 작품을 쓰고 싶은데...

나의 주인공들이... 이런 감정에 도달하고 깊이를 가졌으면 좋겠다.

내가 할 수 있을까...

〈이티〉 – 아버지의 빈자리

새벽 세시.

3부 초고를 완성하고 자기 전에 케이블 TV를 보다가 잘 안 마시는 커피를 두 잔이나 마신 탓인지 밤을 꼬박 새워 버렸다. 덕분에 오랜만에 〈이티〉를 다시 볼 수 있었는데...

엘리엇의 가족은 엄마와 3남매가 살고 있다. 엄마는 남편 없이 아이들을 키우는 것이 힘들어 때로 싱크대 앞에서 애들 몰래 눈물을 흘린다. 남편은 멕시코에서 샐리와 살고 있다. 바람나서 나간 것이다. 아니면 이혼을 했던가.

스티븐 스필버그는 아버지 없이 자란 사람이라고 들었다. 아버지가 없는 자리. 그 자리에 결핍과 그리움이 스미고 상상이 공간을 채운다. 아버지가 사라진 자리에는 두려움이 남고 어머니가 사라진 자리에는 고독이 남는다. 부모가 없는 아이는 공포, 그리고 고독과 싸워야 하는 셈이다. 이 영화에서 아버지는 나오지 않지만 부재로서 가장 강력하게 존재한다.

우리나라 배우 가운데 조승우는 목소리가 인상적인 배우. 〈이티〉를 보다가 그 느낌의 본질을 보다 정확하게 깨달았다. 그는 어릴 때 아버지와 이별했던 사람. 아버지 없이 자라면서 세상에 얼마나 간절한 것들이 많았을까. 그의 목소리에는 절실함이 있다. 그가 무엇을 원하면 그것이 돈이든 사랑이든 욕망이든 간에 순수한 절실함으로 다가온다. 저 깊은 슬픔과 함께...

그가 영화 속에서 그 목소리로 사랑을 말할 때, 누군가를 원한다 말할 때, 거기에는 비록 거절하게 된다 할지라도 가슴이 찢어지는 그 무엇이 있다. 그래서 여자는 그를 사랑하지 않는다, 못한다 할지라도 그를 잊을 수 없게 될 것이다.

영화 〈이티〉의 도입부에서 아버지가 부재한 이 가족의 힘듦을 보여주고, 형제가 창고에서 찾아낸 아버지의 셔츠에 코를 묻고 아버지의 향수를 기억해내는 짧은 씬은 인상적이다.

이티의 존재가 갖는 상징성은 두 가지 측면이 있다. 결국 한가지이기도 하지만.

1. 아버지: 일찍 떠나버린 아버지. 그 아버지에 대한 기억은 친구 같은 아버지다. 같이 놀고 교감하는. 그리고 떠나버린. 부재한 아버지는 환상의 존재가 된다.

2. 사랑 그 자체: 두려움과 놀라움, 설렘으로 다가와 불통에서 소통으로 나아가며 감정이 깊어지고 교감하는. 그리고 어느 날 사라지는. 사랑이 있던 곳으로 돌아가 내 가슴에, 기억에 남아 평생을 가는.

처음 볼 때 나는 초등학생이었고 이제 거의 이십 몇 년 만에 다시 본 이 영화... 어릴 때도 울지는 않았던 것 같은데 밤새고 울면서 〈이티〉를 보자니 기분이 참...

〈우리 집에 왜 왔니?〉

정상이라고 말하기는 어렵지만 뭐 그렇다고 영화 속의 타인들처럼 그녀를 미친년으로 보기도 뭣한... 강혜정.

미친년 수강은 고아다. 혼자 산다. 학교에서 아이들은 그녀를 미친년이라고 놀린다. 잘못한 게 없는데도. 때려도 울지 않고 반응하지도 않는다는 이유로 돌을 던진다. 이마가 깨져서 피를 흘리고 있는데 어린 그 애, 손수건을 건넨다. 일곱 살이나 어린데 반말을 한다. 미친년이니까. 미친년한테는 반말해도 되니까.

처음으로 자기를 봐준 시선, 상처를 닦아준 손수건...을 잊지 못해 일곱 살 어린 그 애를 사랑하게 된 수강. 스무 살짜리가 열세 살과 잔다. 그 일은 곧 소문이 나고, 세상이 왕따시키는 그녀를 편들기에 그 애는 너무 어려서 그녀를 외면해버린다.

그러나 외면당하고 버림을 받아도 그 애와 헤어질 수 없었던 그녀, 최선을 다하는 것밖에 아무것도 할 수 없어서 그 애를 따라다니다가 감옥에도 가고 창녀가 되고 결국 노숙자가 된다.

그렇게 일방적으로는 안 된다고 사람 마음은 그런 게 아니라고 타이르는 병희에게 수강은 소리친다. 내가 사랑하는 사람이 나를 사랑하는 건 기적이라고. 기적을 기다리느니 이렇게라도 하겠다고.

그녀. 결국 기적을 기다리지 못했다. 해피엔딩은 없었다. 죽음이 그녀의 엔딩이었다. 그냥 사랑하는 이를 알고 싶고 그 애의 곁에 있고 싶을 뿐이었는데, 사랑하는 마음이 상대방에게는 스토킹이 되고 죽을 죄가 되고 공포가 되고 혐오가 되고……

슬프다.

클린트 이스트우드의 세계 – 천재 할아버지

1. 〈밀리언 달러 베이비〉

배우로 살다 감독이 된, 정치까지 한 클린트 이스트우드는 내가 인정하는 천재 중의 한 사람이다. 나는 배우로서보다 감독으로서의 클린트 이스트우드를 좋아하고 매번 그의 작품에 놀란다. 집중된 호흡의 놀라운 연출을 보여준 〈밀리언 달러 베이비〉는 나에게 고통스러운 감동이라는 특이한 경험을 선사하였다.

생에서 아무것도 받은 게 없는 서른한 살의 노처녀 메기.

열세 살 때부터 식당 종업원으로 일했고 타인보다 못한, 짐만 되는 가족에게 착취당했으며 아무도 없는 고독한 삶 속에서 오로지 권투가 좋았던 그 여자. 자기를 나아지게 해 줄 트레이너 프랭키를 찾아 선수로 받아달라고 애원하지만 돌아오는 건 거절뿐이다. 프랭키는 여자가 맞는 게 싫었고, 자칫하면 장애인이 되고 맞아 죽을지도 모르는 링 위로 사랑하는 선수를 내보내는 일이 고통스러운 연민이 많은 할아버지다. 메기가 프랭키에게 가는 길은 어려웠고, 나중에 프랭키가 메기를 보내는 길은 더 어려웠다.

마침내 메기의 열성에 두 손을 든 프랭키가 메기를 가르치기 시작했을 때 나는 그녀가 부러웠다. 글 쓰는 일에도 트레이너가 있다면 얼마나 좋을까. 나도 누군가에게 가서 무릎을 꿇고 잘 쓸 수 있게 해달라고 애원할 수만 있다면 얼마나 좋을까...

피나는 노력과 절박함으로 1년 반 만에 챔피언에 도전하는 메기.

그러나 그 시합에서 메기는 상대방의 반칙으로 전신마비의 부상을 입는다. 오래전 친구의 눈을 잃게 만들었던 프랭키는 또다시 분신 같은 선수를 잃고 미국 전역의 병원에 전화를 걸지만, 메기를 회생시키는 일은 불가능했다.

욕창이 생긴 메기는 다리까지 자르고 그에게 안락사를 부탁한다.

프랭키는 고통스럽다.

그녀는 죽음을 원하고 자신은 그녀와 함께하고 싶다. 그녀의 죽음이 두려운 것이 아니라 이별이 두려운 것이다.

그녀를 사랑하니까.

이 영화는 한 여성복서의 짧은 성공과 죽음을 보여주는 드라마가 아니라 각자의 가족들에게 거부당하는 두 외로운 영혼이 서로에게 혈육이 되어 생을 변화시키는 이야기이다. 타인에게 가족을 느낄 수밖에 없는 태생의 고독.

그러나 감독은 그 뜨거운 사랑 뒤에 영혼이 찢어지는 이별을 준비하여 생의 비애를, 그 어쩔 수 없음을, 상처를 말하고 있다. 사랑하였으므로 의미가 있었다고 말하기에는, 그 이별, 얼마나 아프던지…

생은 참혹하게 슬픈 것이라고, 그래도 사랑하면서 열심히 살아가라고…

그러나, 그 메시지에 감동하기 전에 가슴이 아파서 질식할 것 같은… 그런 영화다.

2. 〈체인질링〉

이 영화에 대한 정보를 무심결에 다 잊고 백지상태에서 객석에 앉았는데 초반부에 어찌나 고통스러운지 계속 〈밀리언 달러 베이비〉가 생각났다. 나중에 클린트 이스트우드의 이름을 확인하고 나서 역시… 이 아저씨였어… 고통과 감동을 함께 주는 감독. 그러나 이 고통 너무 커서 감동을 제대로 즐길 수 없었다.

이 영화에 나오는 남자들은 하나같이 후지다. 후지다 못해 인간말종이다.

크리스틴을 임신시킨 남자는 책임을 지기 싫어 도망가고 형사는 자기의 실수를 인정하기 싫어 그녀를 미친 여자로 몰아 정신병원에 강제구금하며, 20명의 아이를 연쇄 살인하는 또라이 살인자에 오로지 자신이 가진 것을 잃어버릴까 전전긍긍하는 시장과 총장...

남자들이 이뤄놓은 세상, 그들의 리그는 폭력과 위법이 난무하는 일방적인 세계이다. 그 세계에 저항하는 여자, 엄마 크리스틴. 그녀가 저항할 수 있는 방법은 아니라고 말하는 것뿐이다.
– 이 아이는 내 아이가 아닙니다. 나는 미치지 않았습니다.

아니라고 말하고 나서 가해지는 온갖 폭력들을 견디며 그래도 타협하지 않는 것만이 그녀의 유일한 저항무기이다.

그녀는 소송에 이기고 악법들은 다소 고쳐지지만 아이는 평생 찾을 수가 없었다.

이 영화, 실화라고 한다.

안젤리나 졸리는 언제나 본인 자체다. 그녀의 아우라는 영화 속의 인물에 온전히 녹지 못한다. 아들 잃은 엄마라는 처절한 설정에도 불구하고 언뜻언뜻 내비치는 그녀의 관능과 툼 레이더 같은 전사의 자신감. 그녀는 매혹적이지만 다른 여배우가 주인공이었더라면 더 실감 났을지도...

〈더 폴〉 – 이야기의 힘, 관계의 힘

병원.

사랑에 배반당하고 하반신이 마비된 남자는 죽고 싶다. 한쪽 팔이 부러진 다섯 살 꼬마 여자아이를 시켜 모르핀을 가져오게 하려고 왕을 유혹하는 〈천일야화〉의 세헤라자데처럼 이야기를 지어낸다. 이야기에 매혹된 꼬마는 남자가 시키는 대로 무슨 약인 줄도 모르면서 모르핀을 가져다주고... 이야기를 해주는 그 남자를 사랑하게 되어 병원에서 나가고 싶어 하지 않는다.

사랑하는 일이 오히려 그를 죽게 하는 줄도 모르는 채 남자에게 약이 필요하다고 여긴 꼬마는 오밤중에 모르핀을 훔치러 갔다가 바닥에 떨어지고 머리까지 다친다. 뇌수술을 할 만큼 위중해진 꼬마.

그제야 자기가 한 짓이 무엇이었는지를 돌아보게 된 남자가 자기의 상처를 뒤범벅으로 섞어 이야기를 파국으로 끌고 가고 이미 이야기 속의 사람들을, 이 남자를 사랑하게 된 꼬마는 눈물을 흘리며 그들을 살려달라고 애원한다.

이야기는 사랑을 끌어내고 사랑은 희망을 끌어낸다.

다섯 살 소녀는 남자의 딸이 아니고 그의 여자가 되기에는 너무도 어리지만 그래도 희망의 씨앗이 될 만큼은 사람을 움직인다.

어린 소년과 중년 여인의 멜로 〈중앙역〉.

다섯 살 꼬마와 청년의 멜로 〈더 폴〉.

역시 소년의 죽음의 비밀을 향해 온 생을 던졌던 〈눈에 대한 스밀라의 감각〉.

로미오와 줄리엣만 멜로가 아니다. 존재와 존재의 사랑은 섹슈얼리티가 없어도 필생의 멜로다.

〈그르바비차〉 - 전쟁이 끝난 후에

담양 리조트.

영화감상과 휴식을 목적으로 한 온천 여행. 객실 안에 디브이디 플레이어가 없다기에 집에서 플레이어를 가지고 왔다. 도착해서 〈벌이 날다〉, 〈포도나무를 베어라〉, 〈벼랑 위의 포뇨〉를 차례로 보고 책을 읽다가 마지막으로 자기 전에 한편 더 보자고 걸었던 것이 이 영화다.

보스니아. 전쟁이 휩쓸고 간 뒤 살아남은 모녀의 이야기.

남편은 전쟁에서 죽었다고 한다. 딸은 아버지가 참전용사라는 것이 유일한 생의 프라이드다. 처음엔 이 영화가 전쟁이 지나가고 난 뒤 살아남은 자들의 상처와 고단함을 그리는 영화인 줄 알았다. (사실 맞다. 그러나...)

남편 없는 가난한 삶. 밤을 새워서 클럽에서 서빙을 해도 아이의 수학여행비도 낼 수 없는 고단한 삶이다. 그런데 이 엄마, 아무리 고생이라고는 해도 딸을 대하는 태도가 영 마음에 안 든다. 자기 성질대로 해야 하고 종종 딸의 뺨을 때린다. 사이가 좋을 때도 있지만 애정이 아니라 애증이 보인다. 갈등은 차곡차곡 쌓여간다.

아버지의 얼굴도 알지 못하는 딸이, 엄마에게 버림받을까 늘 두려워하며 전전긍긍하던 딸이 총구를 들이대며 아버지의 존재를 묻는다. 아버지의 얼굴도 모르는 게 아니냐고, 같이 잔 남자가 너무 많아서 누군지도 모르는 게 아니냐고 엄마의 행실을 의심할 때...

엄마는 폭발한다. 딸을 마구 때리며 울부짖는다. 알고 싶어? 그렇게 알고 싶어? 적국의 캠프에 끌려가 수십 명의 병사들에게 강간당했어. 그때 생긴 게 너야. 너는 강간범의 씨앗이야!

정신이 번쩍 나고 잠이 확 달아났다. 나는 정자세로 일어나 앉았다.

참전용사의 딸임을 늘 자랑스러워하던 딸은 존재를 부정해야 하는 진실 앞에서 그 무엇도 소화가 안 돼 머리를 밀어버린다. 그리고 좋아하는 남자 친구가 아닌 평소에 미워하던 소년에게 투신하듯 몸을 던진다.

의사를 꿈꾸던 똑똑한 여자가 전쟁 속에 끔찍한 방법으로 몸을 망치고 그 불행의 결과를 끌어안은 채 가장 밑바닥에서 살아가는 이 영화에서 나는 우리의 위안부 할머니들을 떠올렸다. 전쟁이 남기고 간 같은 무늬의 상처들을...

남자들을 죽이고 끝나는 것이 전쟁이 아니다. 전쟁은 여자도 똑같이 겪는 것이다. 전쟁이 끝나도 사람들이 겪어야 하는 생의 전쟁, 상처의 전쟁은 계속된다.

그래도 이 영화, 희망을 이야기한다. 끔찍하게 태어났지만 젖을 물리는 순간, 버릴 수 없어진 딸... 존재 자체가 상처를 상기시키기에 때로는 잔인해지기도 했지만 서로가 살아가는 이유였던 모녀. 엄마는 딸을 끌어안았다. 딸은 엄마에게 웃어 보일 수도 없고, 울어버릴 수도 없지만 손바닥을 펼쳐 보인다. 그들은 그렇게 아직도, 여전히 모녀다.

이 모녀, 강하다. 그리고 아름답다.

삶은, 그리고 인간은 숭고한 것이다.

<클로저> - 후진 남자들

사랑에 충실한 여자들, 감정과 상황에 최선을 다하는 여자들에 비해 이 영화의 두 남자는 후지게 군다.

자기도 양다리였던 주제에 여자가 관계를 정리하기 위해 가졌던 마지막 섹스에 좌절하는 남자, 애인을 빼앗긴 데 대한 복수와 위로를 구하고자 그의 옛 애인과 자고 나서 기어이 사실을 고해바치는 남자...

자기들은 아무하고나 자는 주제에 여자가 다른 남자와 잤다는 사실은 참을 수 없어 하는, 그녀들이 자신을 사랑한다는 진실의 가치는 알아보지 못하고 오로지 그놈이랑 잤어, 안 잤어만 물어보는 치졸한 남자들.

줄리아 로버츠는 이놈이나 저놈이나 똑같다는 것을 깨닫고 남편에게 돌아가고 (그녀가 말은 안 하지만 선택의 이유는 그렇다는 게 내 생각이다) 가장 순정적이고 열정적이었던 나탈리 포트만은 그 사랑을 망쳐버린 주드 로에게 이제 너를 사랑하지 않겠다고 선언한 후에 진실을 말해준다. 아니 사실을.

    - 사랑하기 때문에 말하고 싶지 않았어. 하지만 너에게 거짓말하고

싶지도 않아.

그가 원하는 대답을 주려면 그녀는 사랑을 포기해야 했던 것이다.

이 영화에서 가장 상처받은 사람은 나탈리 포트만이지만 가장 멋진 사람도 그녀다. 그녀는 상처받을까 봐 두려워하며 사랑 앞에 망설이지 않았고, 상처를 온몸으로 겪어낸 뒤에도 사랑 앞에 더없이 당당했고, 자기의 자존을 위협받을 땐 단호하게 이별을 선택한다.

가장 단단하게 빛나는 영혼이었다.

〈왕의 남자〉 – 뜨거운 삼각관계

　거리의 왕이었던 장생은 미모와 재능뿐이라 스스로를 지킬 수 없는 공길의 보호자다. 그러나 공길은 마음으로 저질러버리는 어떤 여성성으로 때로 그 어떤 존재보다도 강해진다.

　그들이 만난 진짜 왕 연산은 장생이 줄 수 없는 다른 세계를 열어 보이며 공길을 유혹하고, 공길은 가여운 연산에게 연민을 가진다.

　장생을 지키고자 살인을 저질렀던 공길, 이번에는 공길을 지키기 위해 장생이 죄를 뒤집어쓴다.

　목숨 걸고 지키는 사랑.

　그 사랑 앞에 연산은 참혹해지고 외로워진다.

　갖고 싶었으나 방법을 몰랐던 연산은 그 모든 것을 부수어버리고... 그들은 하늘로 비상한다.

동반자가 있었기에 외롭지 않은 왕이었던 장생은 고독한 왕 연산의 대적자다. 셋이 함께 사랑했으면 좋으련만 왕과 장생은 서로가 경쟁자였고 공길은 두 사람을 다 사랑했으나 함께 해온 세월과 광대로서의 연대감이 더 강했다.

그 어느 편도 손들어줄 수 없는 치열한 멜로. 관객들의 호응은 뜨겁게 사랑하고 뜨겁게 사랑받고 싶은 내밀하고 당연한 소망이 자극당한 반응이 아니었는지...

왕가위의 에로스, 그녀의 손길을 보다.

도도하고 아름다운 고급 창녀 공리 앞에서 앞섶이 부푼 견습생 장첸. 여자는 그의 옷을 벗겨 몸을 쓰다듬어주면서 냉정하게 속삭인다.
– 앞으로 내 옷을 만들 때마다 지금의 이 느낌이 영감이 되어줄 거야.

그녀는 선수였다. 선수의 지위를 유지하기 위해 최고로 아름다운 자태를 뽐내줄 영감 어린 의상이 필요했으며 장첸은 그녀의 의도대로 헌신했다.

버림받기를 계속하던 그녀가 부둣가의 창녀로 전락, 폐병쟁이가 되어 마지막으로 그를 찾았을 때, 그는 처음이나 지금이나 여전히 그녀를 사랑한다.

그녀도 이제 그의 사랑 마주 보며 그를 사랑하지만, 아니 예전에도 그를 사랑했지만 그녀는 사랑만으로 살 수 없었다.

이제 아무것도 줄 것 없는 그녀.

손 하나가 성했다며 그를 어루만지고 한사코 입을 맞추려 드는 그의 입술을 피하는데... 두 사람의 몸짓과 눈빛 어찌나 애달프던지.

사랑할 때 도무지 아무것도 안 하는 왕가위의 영화 속 남자들에게 화를 내면서, 그래서 망가져 가고 죽어가고 결국 헤어지는 강인한 그녀들에게 경탄하면서, 그래도 얼마나 아프게 저리게 표현해내는지 새삼 감독의 재능을 인정하면서, 결국 참지 못하고 아픈 몸에 술을 부었다.

〈말아톤〉 - 엄마의 사랑

　　남편과 사이가 나빠지면서까지, 멀쩡한 둘째 아들을 문제아로 만들면서까지 엄마는 자폐증 큰아들을 포기할 수가 없었다.

　　어린이날 동물원에서 일부러 아이의 손을 놓아 미아를 만들었던 그 순간 이후로 원죄가 된 어미의 모정은 아무것도 돌아보지 않는 헌신을 낳았고 아들은 장애에도 불구하고 꿈을 가진 남자가 되었다. 엄마가 자기를 버리려 했음을 기억하는 아들은 이번에는 자기가 먼저 엄마의 손을 놓으며 엄마가 말린 마라톤의 대장정에 들어간다.

　　아무리 사랑해도 물에 빠진 엄마가 죽어가는지 수영하는지도 몰랐던 아들, 그 아들이 엄마가 위기에 처하자 자기가 아는 방식으로 엄마를 구해낸다.

　　이 영화는 엄마와 아들, 모자와 마라톤 코치가 교감하는 과정 등 존재와 존재가 소통하는 그 틈을 아주 생생하게 전해준다. 그들이 떨리는 만큼, 그들이 아픈 만큼, 그들이 벅찬 만큼 보는 사람도 똑같이 느끼게 만든다.

나에게 이 영화를 보여주고 싶어한 친구가 있었다. 그에게는 엄마가 없었다. 장애를 가진 아들에게 이토록 노력하고 애쓰는 엄마를 보면서 구박하는 엄마조차 가진 적 없는 그 아이는 어떤 기분이었을까.

부모가 나에게 준 사랑의 실체를 깨달아야 우리는 균형 있는 사람이 될 수 있다. 부모가 준 것이, 주어야 했던 것이 무조건적인 사랑이라는 환상에서 벗어나야 비로소 그들이 준 진짜 사랑이 무엇이었는지를 알게 된다.

〈진실〉 - 우리가 원하는 것은 진실 뿐

주말의 텔레비전에서 시고니 위버가 나오는 〈진실〉을 방영했다. 원제는 슈베르트의 '죽음과 소녀'라는 음악제목에서 따왔으나 국내에서는 진실이라는 제목으로 알려졌고 이번에 TV에서도 그 제목으로 나갔다.

지하 페이퍼를 만들던 시고니 위버는 편집장과 연인 사이. 편집장의 정체를 알고 있는 유일한 인물이었던 그녀가 잡혀갔다. 전기고문과 성고문을 비롯한 끔찍한 고문에 시달리면서도 사랑하는 사람을 지키기 위해 그의 이름을 불지 않았고 두 달 동안의 모진 고문 끝에 간신히 살아남아 돌아갔지만 연인은 이미 다른 여자를 만나고 있었다. 겨우 두 달 만에.

여자는 남자 하나 지켜보겠다고 알몸으로 고문대 위에 누워 두 달을 버텼는데...

결국 남편이 된 남자는 후일 변명한다. 당신은 두 달 동안 소식이 없었노라고. 당연히 죽은 줄 알았노라고... 죽은 줄 알아도 그렇지 두 달 만에 다른 여자를 만나?

여자는 묻는다.

— 그 여자를 사랑했어?

— 기억나지 않아.

남자의 사랑은 사실 그때부터 비로소 시작되었는지도 모른다.

— 나 같으면 하루도 못 버텼어. 나는 잡혀간 다음 날 바로 당신 이름을 불었을 거야. 그런데 목숨을 걸고 나를 지켜준 당신, 만신창이가 되어 돌아온 당신 앞에서 다른 여자에 관한 기억은 모두 사라져버렸어.

그리하여 그들은 결혼을 한다. 사랑했을까? 나는 그렇게 혹독한 대가를 치른 사랑을 놓아버릴 수 있는 여자는 이미 여자가 아니라고 본다.

여기까지는 모두 대사 속에 드러난 그들의 과거이고 현재는 십 수 년이 흐른 뒤 그들의 저녁식사에서 시작된다.

남편과 아내의 역학을 보여주는 에피소드.

아내는 거침이 없다. (떳떳하니까)
남편은 변명이 많다. (미안하니까)

남편이 솔직한 대답을 하지 않자 화가 난 아내는 남편의 저녁 식사 접시를 쓰레기통에 버린다. 변호사인 남편은 배가 고프다며 쓰레기통에서 고기를 다시 주워 먼지를 털어내고 먹는다. 그런데 아내가 극악해 보이거나 남편이 초라해 보이거나 하지 않고 대등해 보인다. 이상한 의사소통. 아내는 이미 남편을 위해 할 만큼 했고 남편은 아내를 위해 무한을 줘도 시원치 않은 관계이기에.

놀라운 것은 과거가 드러나기 전, 이미 에필로그에서 두 사람의 균형이 선명하게 느껴진다는 것이다. 배우의 힘? 각본의 힘? 감독의 힘? 아무튼.

그리고 그가 온다. 폭풍 때문에 차는 펑크가 나고 전기가 끊기고 전화가 불통인 그 집에 그 남자가 온다.

아내 폴리나를 가장 악랄하게 고문하던 의사. 처음엔 구세주처럼 다가와 가장 처절한 상처를 입힌, 열세 번의 성폭행을 자행한 그 의사.

아내는 그의 목소리를 듣자마자 오열이 터져 나오기 시작한다. 늘 안대를 하고 있어 단 한 번도 볼 수 없었던 그 남자. 전기고문으로 만신창이가 된 몸을 난자하던 그 남자. 몸은 아는 것이다. 머리가 기억하기도 전에 온몸이 먼저 반응한다.

아내는 그를 잡아 가두고 남편을 변호사 삼아 재판을 시작한다. 그녀가 원하는 것은 진실뿐.

이 영화의 묘미는 그와 그녀의 대결이 아니라 이로 인한 부부 관계의 갈등이 극명하게 드러나면서 모두가 진실과 대면하게 된다는 점이다.

남편은 아내를 믿지 않는다. 아내가 왜 나를 믿지 않느냐고 울부짖어도 목소리만으로는 증거가 될 수 없다고, 증거가 있어야 한다고 아내의 속을 뒤집는다. 아내가 자기의 상처를, 고통을, 분노를 호소할 때 남편은 이성을 되찾으라고 소용없는 소리를 반복한다.

남자들이 대개 이렇다. 여자가 마음을 알아달라고 감정을 토로할 때 그 마음 짚어줄 생각은 안 하고 이성과 논리만 앞세운다.

끝까지 범인임을 부인하던 그가 돌이킬 수 없는 죽음 앞에서 진실을 털어놓는다. 처음엔 잘 해주었다고. 진심으로 그들을 돕고 싶었지만 나중에 지겨워졌다고. 내 얼굴도 모르는 그들. 내가 신이 될 수도 있는 그들에게 나의 영향력을 시험해보고 싶었노라고.

아내는 배신의 상처가 더해진 분노를 표출한다.
— 처음엔 천사인 줄 알았어요. 배설물에 뒤덮인 내 몸을 닦아주고 상처에 약을 발라주고 위안을 주겠다고 음악을 틀어주었죠. 그리고는 누구보다 더 악랄하고 지독하게 전기고문, 성폭행…

그녀의 상처가 더 깊었던 것은 그를 잠시라도 믿었기 때문이다. 다른 고문자들보다 그에게 더 복수의 칼날을 갈아온 이유는 그가 성적인 고문을 한 사람이기도 하지만 믿음을 주었다 배신한 사람이기 때문이었다.

남편은 왜 말하지 않았냐고 묻고, 아내는 아파하며 대답한다.

– 알고 있었잖아. 말하지 않아도 당신은 알고 있었잖아. 수많은 고문 피해자들을 조사하면서 그 안에서 무슨 일이 일어나는지 당신도 다 알았잖아. 나는 괜찮은 줄 알았어? 나만은? 왜!

남편은 짐작하면서도 그 진실을 감당할 수 없었기에 오랫동안 외면하며 살았고 그게 답답했던 아내는 남자를 향해 그 분노를 쏟아놓는다. 남자가 진실을 인정하고 나자 아내는 복수를 포기하고 돌아선다. 남편도 차마 사람을 죽이지 못하고 돌아서는데...

시간이 흐른 뒤, 슈베르트의 음악이 흐르는 연주회장에서 재회한 그들. 남자에게는 두 아이와 아내가 있었다. 음악 속에서 영화는 끝난다.

그들이 원한 것은 무엇이었을까?
진실을 인정하는 것, 그것이 복수가 될 수 있을까?

단지 세 사람의 하모니만으로 만들어낸 영화. 바닷가 외딴 집을 배경 삼아 단 하룻밤 동안 일어난 일을 저예산으로 만들어낸 고밀도의 긴장과 갈등. 대단한 영화다.

우리가 원하는 것은 용서도 아니고 복수도 아니다. 진실하게 인정하고 스스로를 똑바로 들여다보는 사람을 우리는 비웃을 수 없다.

진실은 힘이 세다.

〈광식이 동생 광태〉, 〈프라임 러브〉 – 이별의 해피엔딩

로맨틱 코미디가 진화한다. 할리우드도, 충무로도.

이별과 성숙을 엔딩으로 택하는 영화 두 편을 보았다. 〈프라임 러브〉, 〈광식이 동생 광태〉.

여기 단 한 번도 사랑을 말해보지 않은 남자 광식이가 있다. 그런 자신의 용기 없음과 소심함을 캐릭터라고 말해버리는 일종의 쿨함? 여자의 몸에만 관심이 있었다가 그녀에게 차인 뒤에야 비로소 머뭇거리며 사랑을 깨닫는 또 다른 남자 광태.

이 영화는 로맨틱 코미디의 옷을 입은 두 남자의 성장영화다. 그들은 사랑을 잃은 후에야 비로소 사랑과 마주할 수 있는 용기를 얻는다. 그래도 광식이는 결국 그녀를 잃고, 마라톤에 도전하는 무식한 광태는 그녀를 다시 찾는다.

왜냐고?

광식이는 사랑을 한 게 아니었기 때문이다. 광식이가 그녀를 사랑한 게 아니라 그녀가 광식이를 사랑했다는 생각이 든다.

워킹 타이틀의 영화를 지향한다는 감독은 그러면서 한국적인 보편성, 우리다운 감수성의 한 지점에서 이야기를 풀어내고 있다.

부럽다.

〈프라임 러브〉에서의 이별엔딩 역시 나쁘지 않다는 생각이 드는 것은 이 사랑이 가져다준 성숙으로 다음 사랑을 잘할 수 있을 것 같은 기대를 주기 때문이다.

사람의 성숙도는 사랑하는 사람과 얼마나 이별해봤나, 그 이별을 어떻게 소화시켰나에 따라 달라진다고 한다. 나, 이제까지 마음으로 제대로 이별한 사람 하나도 없었던 것 같다. 나의 유아성은 이별을 인정하지 않고 부여잡고 있으려 한 욕심 때문이었나. 제대로 이별해야 비로소 사랑할 수 있었을 텐데... 이별하지 않아야, 놓아주지 말아야 사랑을 지키는 것인 줄 알고 오랫동안 헤맸다.

〈이터널 션샤인〉 - 사랑에 관한 슬프고 아름다운 재기

이 영화는 사랑의 기억은 지워져도 사랑의 감정은 그대로 남아 일상의 혼돈을 겪어내는 여자의 모습과 이미 진부해져 버린 관계에서 처음의 그 떨림과 열정으로 거슬러 올라가는 남자의 항해에서 역설적으로 영원한 사랑의 본질에 대해 생각하게 된다.

로미오와 줄리엣 멜로의 적은 양가의 집안이고 타이타닉 멜로의 적은 난파되어가는 배의 운명이지만 이 영화 속에 나오는 짐 캐리와 케이트 윈슬렛 멜로의 적은 사랑을 잊겠다고 선택한 스스로의 의지이다. 지워져 가는 사랑의 기억 속에서 그녀를 잃지 않기 위해 사력을 다하는 주인공은 일상에 매몰되어 사랑을 망각해가는 현대인들의 수많은 자화상에 다름 아니다.

마지막 기억이 지워지기 전, 여자는 속삭인다.
- 우리 몬타우크에서 다시 만나...

모든 기억을 잃고 무의식에 남은 그 명령을 쫓아 몬타우크 바닷가로 가는 두 사람. 거기서 사랑은 다시 시작된다.

이 사랑에 겹치는 커스틴 던스트의 이야기.

불륜에 빠져 괴로워하던 그녀는 새 출발을 위해 망각을 선택하지만 그 사람을 보는 순간 다시 첫눈에 빠져 고백을 되풀이한다.

새로운, 그러나 여전한 사랑 앞에서 여자는 묻는다.
— 이럼 뭐해? 우린 다시 지겨워질 텐데... 아파하며 헤어질 텐데... 나를 싫어하게 될 텐데...

남자가 대답한다.
— 그럼 어때?

그렇다. 어차피 죽으려고 사는 것이다. 삶의 본질이 어차피 그런 것인데 실연을 아무리 두려워하면 무엇하리. 주어진 과정을 충분히 누리는 것만이 유한한 삶을 사는 인간에게 허락된 유일한 자유인데.

〈레이〉 - 절대 고독

그는 가난한 소작농의 아들이었다. 두 집 살림도 아니고 세 집 살림씩이나 하는 아버지 덕에 엄마는 과부 아닌 과부로 살아야 했다.

어릴 때 세탁통에 빠진 동생이 죽어갈 때 그냥 장난하는 줄 알고 바라보고만 있다가 왜 보고만 있었느냐는 엄마의 질책을 들었다. 이후 물에 빠져 죽은 동생의 이미지는 평생의 원죄가 되어 그의 죄책감으로 남았다.

일곱 살 때 눈이 멀기 시작했지만 강인한 그의 엄마는 레이가 혼자 살아갈 수 있도록 훈련을 시켰고 레이는 피아노를 벗 삼아 노동자가 아닌 예술가의 길을 간다.

그러나... 그는 흑인이었고 시각장애인이었다. 동료들도 매니저도 그를 속였다. 그는 착취당하고 혹사당했으며 이중차별에 시달렸다. 공연이 끝나면 밴드 멤버들은 앞 못 보는 그를 버려둔 채 자기들끼리 밥을 먹으러 나갔다. 그는 혼자 텅 빈 홀에 남아 다시 피아노를 치곤했다. 연주가 그의 저녁이었다.

고독한 그는 마약을 시작한다. 약은 그가 성공한 후에 아내와 가족들이 생겨도 끊을 수가 없었다. 남편의 마약을 발견한 아내가 끊으라고 애원해도 그는 나에게는 아무것도 없다며 절망한다.

– 아무것도 없다뇨? 나는요? 그럼 나는요?

아내는 상처받는다. 그러나 레이는 아무리 사랑하는 아내와 아이라도 그들이 어떻게 생겼는지조차 알 수 없었다.

엘란 피츠제랄드의 평전이 생각났다. 맹인은 아니었지만 여성이었다는 핸디캡을 가진 그 위대한 재즈가수도 끼니를 제대로 이을 수가 없었다지 않는가... 무대의 환호, 그 천상의 느낌. 그러나 현실의 남루함, 천대받고 박해받는 자의 고독. 그들이 마약중독자가 되어간 것도 무리가 아니라는 생각이 들었다. 그러나 위대한 영혼 레이는 훗날 마약을 끊고 흑인과 장애인을 위한 자선사업을 하면서 살아갔다고 한다.

나는 그의 음반을 한 장 가지고 있다. 이제 아무렇지도 않은 마음으로 이 음반을 걸지는 못할 것 같다.

〈연애의 목적〉 – 상처 입은 여자는 무섭다

– 다칠 땐 세게 다쳐야 해요.

평온하고 안정적인 연애는 사람을 나약하게 만들죠.

아름다운 상처는 상처가 아니에요.

왜 연애에 도덕적 잣대를 들이대죠?

그렇다면 연애할 자격도 없는 거죠.

연애에 불륜이 어디 있고 정상이 어디 있나요.

그럼 선봐서 결혼하면 되죠.

불순하고 한심한 게 연애에요.

〈씨네 21〉, 작가 인터뷰 중에서

미모의 작가로 표현된 그녀는 한때 '접속 무비월드'의 작가였다고 한다. 나도 '영화음악실'을 했었는데... 이력이 비슷한 사람이 나보다 훌륭할 때, 나는 열등감을 느낀다.

이 영화를 본 애인이 그녀를 차버렸다고 한다. 지켜줘야 할 여자인 줄 알았는데 무서운 여자라면서.

코미디로 시작해서 처절 멜로 심리극으로 가다가 결국 해피엔딩으로 끝나는 이 이상한, 그러나 잘 쓰인 영화는 보고 나서 심정이 너무 복잡해 표정이 단순해지질 않았다.

어리석었던, 순진했던 한 여자가 모욕과 기만 속에 상처받고 불면증에 시달린다. 가해자가 아닌 피해자로 남아야 동정 받을 수 있다는 것을 경험으로 알게 된 그녀는 이번에는 자기가 배신자가 된다. 상처 입은 여자는 무섭다. 가장 사랑하는 사람에게 자기가 받은 상처를 되돌려준다. 대부분의 관계는 거기서 끝난다. 새로운 상처만을 남긴 채.

이 영화의 다른 점은 그 뒤가 있다는 것이다. 사랑하는 남자를 배신한 후에 그 사랑을 마주 볼 용기를 갖게 된 여자, 뻔뻔하게 그를 다시 찾아간다.

인터넷 너무 싫다. 그 걸러지지 않은 일방성과 확산성이 때로 어떤 삶들을 무너뜨리기도 한다.

이 영화, 아프다.

먼로의 사랑

오랫동안 무명이었던 마릴린 먼로. 오로지 식사를 해결하기 위해 파티에 가기도 했던 이 가난한 여인이 처음으로 역할다운 역할을 맡아 신문에 사진이 났다. 좋은 일이 생기자마자 애인에게 선물부터 사주고 싶었던 이 여인.

– 보석가게 사람에게 신문기사 제목과 거기에 실린 내 사진을 보여주었다.

제가 마릴린 먼로에요. 지금은 돈이 없어요.

그래도 당신이 저한테 외상을 줄 수 있을 거라고 생각했어요.

저한테 아주 소중한 사람을 위해서 선물을 사고 싶어서 그래요.

그 남자는 웃으며 내게 외상을 주겠다고,

그 가게에 있는 것 중에 뭐든 골라도 좋다고 말했다.

나는 500달러짜리를 골라서 애인의 집으로 달려갔다.

그런데 아무것도 안 새겼네. 마릴린이 누구누구에게 사랑을 담아... 같은 걸 새겼어야지.

새기려다 말았어.

왜? 아주 다정한 눈길로 나를 바라보면서 그가 물었다.

언젠가 당신은 날 떠날 테니까.

그리고 다른 여자를 사랑하게 될 거야.

내 이름을 새겨두면 그때 내 선물을 다시 쓸 수가 없잖아.

이렇게 하면 당신이 직접 산 것처럼 언제든 선물할 수 있어.

대개 여자는 이런 말을 할 때 남자가 그렇지 않다고 말하고

그런 걱정하지 말라며 달래줄 것을 기대한다.

그러나 그는 그렇지 않았다.

그날 밤에는 침대에 엎드려 엉엉 울었다.

희망 없는 사랑을 하는 것은 무척이나 마음 아프고 슬픈 일이다.

보석 가게에 500달러를 갚는 데 2년이 걸렸다.

내가 마지막으로 25달러를 납부할 즈음에 내 연인은 다른 여자와 결혼
했다.

……

여배우들에게 먼로의 자서전을 많이 선물했다. 〈마이 스토리〉라 이름
붙여진 이 미완의 자서전은 그녀들을 울린다. 한밤중에 먼로를 읽다가 걸
었다는 전화를 몇 통이나 받았다. 그녀들은 울고 있었다. 이 아름다운 여
인이 가여워서... 그녀의 영혼, 사랑받지 못한 고독이 아파서. 그 불안에
공감해서.

모든 사람이 그녀를 원했지만 그 누구도 영원히 원하지는 않았다.

그토록 아름다웠는데, 결코 사랑받지 못했던, 그래서 불멸이 되어버린 슬

픈 여자.

모든 아름다움은 궁극적으로 슬프다.

바나나의 세계

　요시모토 바나나를 많이 읽었다. 잘 읽혔고 무언가 늘 잔상이 남았다. 그러나 〈N.P〉, 이 소설은 좀 불편하다. 근친상간과 소설, 자살이 주된 소재인데 어느 하나도 편하지가 않으니까. 딸과 자고 나서 미완의 소설을 남기고 자살한 작가. 그 딸은 살아남아 배다른 오빠와 동거를 하고 미완의 소설을 어느 번역가에게 맡긴다. 그 번역가 역시 자살을 하고 그의 어린 연인이었던 여자가 이 불행하고 기묘한 남매와 인연을 맺는 이야기가 주된 내용이다. 작가는 그것이 근친 간의 사랑이더라도 자신이 선택한 생을 열심히 살아내라고 말하는 것 같기는 한데 거기에 동의는 안 된다.

　다만 무라카미 류의 해설이 인상적이었다. 남성이면서도 이 시대를 살아가는 젊은 여성들의 어려움과 노력에 절대공감을 보여주는 이 사람, 멋지다.

　– 젊은 여자들이란, 지금 일본에서 유일하게 적응하려 하는 층이다. 전 적응이란, 앞으로 도래할 새로운 상황에, 그전 단계에서 어떻게든 적응하기 위해, 무의식중에 노력하는 일이다. 전 적응하려고 무의식적으로 노력하는 종족은, 대개 주림을 느낀다. 다른, 어떤 종족보다도 굶주려 있다.

요시모토 바나나의 소설은, 그런 거대한 굶주림을 껴안은 젊은 여자들에게 전국적으로 받아들여진 것이다.

그런 것을 모르는 이 나라의 다른 종족들은, 심각함이 없다는 등 요시모토 바나나나 그녀의 독자들을 비판하였다. 그들은 진지하게 살고 있지 않으므로, 진지함이 뭔지도 모르면서 진지함을 동경한다.

; 무라카미 류

먼저 읽은 〈허니문〉은 엄청난 가족사를 지닌 십 대의 러브스토리다. 또 얼마나 엽기적일까 싶지만 이웃집 소소한 일상처럼 담백하게 전개된다. 그러다 아무렇지 않게 뒤통수를 친다. 후반에 터뜨려지는 가족사의 비밀과 둘의 관계에 대한 충격이 너무나 커서 새벽에 이 책을 읽고 잠을 이루지 못했다.

그 정서적 놀라움이 소화가 잘 안 됐다.

일본은 전쟁을 일으켜놓고 원폭을 맞아버린 기성세대에 대한 느낌을 이런 식으로 간직하고 있는 것 같다는 생각이 들었다. 문화의 차이도 있겠지만 우리 문학 속에는 가정을 파괴하는 아버지, 폭력과 무능으로 상처 주는 아버지가 많이 나오고 내가 읽은 일본 문학 속에는 이상한 부모, 도저히 이해할 수 없는 세계의 부모들이 많이 나왔다. 한국의 아버지는 나라를 빼앗기고 동족상잔을 일으킨 무능한 인물들이고 일본의 아버지는 전쟁을 일으키고 패전국이 된 무모한 사람들이고...

<하치의 마지막 연인> 역시 요시모토 바나나의 여느 작품들처럼 주인공들은 부모가 괴상하거나 사랑하는 이가 죽어서 상실의 아픔과 고독에 시달린다. 그런 인물들끼리 모여서 엄살떨지 않고 위로하며 살아가는 일상을 보여준다. 그 일상이 너무 담담하고 사랑스러워서 그들이 간직한 과거의 비밀과 끔찍한 상처들 역시 담담하게 느껴진다. 그들은 극복한 것일까? 다만 어떻게든 살아가고 있는 것뿐일까...

이 사랑

〈박사가 사랑한 수식〉 - 오가와 요코

나를 기억조차 하지 못하는 사람을 우리는 과연 얼마나 사랑할 수 있을까.

미혼모의 딸로 태어나 또다시 미혼모가 되어버린 여주인공. 그녀는 사랑하던 이상형 남자에게서 버림받고, 엄마에게서도 버림받는다. 대학을 다니다 미혼모 쉼터에서 애를 낳고 기르던 여자는 할 수 있는 일이 파출부 뿐이라서 젊은 나이에 파출부 생활을 시작하게 된다.

그녀가 만나게 된 주인 남자. 그는 기억이 80분밖에 지속되지 않는 수학자였다. 생의 어느 한 시기까지만을 기억하고 그 뒤로는 마치 80분짜리 테이프처럼 기억용량이 작아져 녹음과 삭제를 반복하고 있는 것이다.

수학자는 자기를 위해 일하러 온 파출부가 아들과 저녁을 먹지 못한다는 사실을 알고 셋이서 함께 저녁을 먹는 시간을 만든다. 그렇게 시작된 파출부와 수학자, 어린 소년의 사랑 이야기.

이 사랑은 이성애는 아니지만 가족이 아니면서도 가족인 놀라운 애정과

결속력을 가진다.

수학자는 80분마다 한 번씩 파출부에게 당신이 누구인지를 묻지만, 놀라워라. 기억하지 못해도 사랑의 감정은 전달된다. 그가 그 모자를 기억하지 못하면서도 쏟아내는 깊은 사랑. 헌신. 그 사랑이 이 외로운 모자를 치유한다.

이 사랑, 슬프고 아름다웠다.

사랑하는 사람을 기억할 수 없는 슬픔이, 그가 그 슬픔을 느끼지 않게 하려는 모자의 노력이 애달프다. 사랑하는 사람이 나를 기억해주지 못해도 계속 사랑한다는 건 정말로 아무것도 바라지 않는 사랑이 아닌가.

어린 루트가 어른이 될 때까지 늘 처음처럼 자신들이 누구인가를 설명해야 하는 사랑. 그럼에도 변치 않는 사랑.

이 사랑이 나를 울린다.

디아스포라를 위하여

〈디아스포라 기행〉 – 서경식

– 1958년 첼란은 브레멘 문학상 수상 기념강연에서 시를 투담통신에 비유했다. 편지를 넣은 병을 바닷속에 던지듯 낯선 땅 미래의 독자에게 전달될지 모른다는 일말의 희망 속에서 시도하는 통신이라는 의미다. 그러나 이는 바꿔 말하면 지금 눈앞에 있는, 독일어를 이해하는 사람들에게 자신의 시가 받아들여질 리 없다는 뜻이기도 하다. 그는 수신자가 없는 시인이었다.

근원 수필 이후 이렇게 깊이 있는 통찰이 담긴 에세이는 처음이다. 재일 조선인으로 태어나 여기에도 저기에도 속할 수 없는 추방당한 자의 시선으로 세계를 쳐다보고 자신의 삶을 돌아보는 저자 서경식.

유대인의 고통에 비할 바 아니고 식민지 시대의 아픔은 지나간 것이지만 나 역시 고향을 떠나온, 집을 떠나온 방랑자로서 느껴야 했던 삶의 신산함이 있기에 스스로를 디아스포라로 규정하는 작가의 정체성이 낯설지 않았다.

그가 소개한 디아스포라 예술가 중 고통스러울 만큼 각인을 남긴 사람은 재일조선인 1세 시인 김하일. 그는 식민지 사람으로 적국에 건너가 고된 삶을 이어가다 한센병까지 짊어지게 되었다. 손가락을 잃은 그는 나중에 실명하여 눈도 잃었고 아직 감각이 남아 있는 혀끝으로 점자를 핥아서 조선의 민족사를 읽었다. 혀끝으로 점자를 감별할 수 있게 될 때까지 혀에서 피가 날 정도로 연습을 했다고 한다. 그는 그야말로 피나는 노력을 통해 자신이 누구인가를 탐구해갔던 것이다.

그의 직업은... 시인이었다.

무슨 엄살을 떨 수 있으랴. 손가락을 잃고 눈을 잃고 다 죽어가면서도 피 흘리는 혀끝으로 점자를 읽어가며 스스로가 누구인지 증명하기 위해, 그래도 작가이고자... 그렇게 살다 간 사람도 있는데.

〈반짝반짝 빛나는〉〈도쿄타워〉에서 〈달콤한 작은 거짓말〉

– 에쿠니 가오리

1. 〈반짝반짝 빛나는〉

남자는 게이다. 어릴 때부터 사랑한 남자가 있다. 부모님의 성화 때문에 선을 보기는 한다.

여자는 알코올중독이다. 정서불안 증세가 있다. 역시 부모님의 성화로 선을 본다.

남자와 여자가 만났다. 여자는 게이인 남자를 좋아하게 되었다. 자기도 하자가 있으므로 불공평한 결혼은 아니라고 생각했다. 남자의 애인을 인정하며 섹스리스 부부로 살기 시작한다.

그러나 사랑이 깊어지면서 그녀도 남자의 애인도 고통스러워진다. 남자의 애인이 떠나고 여자는 이별을 감당하지 못하는 남자를 위해 그의 애인을 찾아다 빨간 리본을 묶어 선물로 준다. 그렇게 그들은 다시 아래윗집에서 같이 하는 삶을 선택한다. 이 소설이 보여주는 새로운 사랑의 방식은 위태롭지만 흥미로운 솔루션을 제공한다. 지젝은 말했다. 둘이서만 하는 사랑은 정욕이라고. 사랑은 셋이 하는 거라고.

그러나 나는 슬펐다. 여자의 외로움, 그녀의 섬세한 불안이, 처절하지만 쿨한 투정이 아프게 와 닿아서.

에쿠니 가오리는 또 다른 작품인 〈냉정과 열정 사이〉를 통해 사랑은 하나라고, 하지만 그렇다고 그 사랑이 이루어지란 법은 없다고 뜨겁게, 그리고 차갑게 말했었다. 삶에 용감하다면, 고통스러워도 우리는 반짝반짝 빛날 수 있으리. 대가를 치를 준비만 되어 있다면.

2. 〈도쿄타워〉

우리나라에서 드라마화하려고 판권을 사들였다는 소식이 들려오는 〈도쿄타워〉. 도쿄에서 살아가는 19세 소년들의 사랑이야기를 읽고 있으려니 맨 처음 사랑을 알아가던 시절이 떠오른다.

가족과 친구들 속에서 혈육애와 우정밖에 모르던 한 아이가 10대를 벗어나면서 처음으로 맛보게 된 이성애의 감정이 너무나 새롭고 너무나 매혹적이어서 사랑밖엔 난 몰라 정신을 못 차리던 그날들.

하루 종일 전화를 기다리고 매일 편지를 써도 할 말이 남았던 그날들. 인생이 나의 책임이어서 미래를 위해 할 일이 많은 줄도 모르고 그냥 누군가 사랑할 사람만 있으면 세상 그 누구도 부럽지 않았던 철없던 그날들.

〈도쿄타워〉는 오로지 한 여자만 사랑하며 그녀를 통해 성숙해가는 소년과 이 여자 저 여자를 전전하며 반복되는 사랑과 이별을 통해 성숙해가는 소년, 두 친구의 이야기를 담고 있다.

언제나 전자의 사랑에 응원을 보내왔으나 문득 후자의 아픔도 모두 진실이라는 새삼스러운 깨달음이 솟는다.

사랑하라.

이 세상에 태어나 사랑밖에 할 게 없다.

3. 〈달콤한 작은 거짓말〉
- You know what I miss? I miss the idea of him

남자 주인공을 보면서 마지막으로 헤어진 남자친구를 떠올렸다. 그가 나에게 안겨준 외로움이 닮아 있어서.

사랑을 말하던 에쿠니 가오리가 여기선 부부관계의 권태와 이면을 말하고 있다.

부인이 남편을 사랑하는 게 아니라 굶주려 있어서 원한다는 표현이 있는데 무슨 말일지 알 것 같았다. 남편은 그것을 질투나 집착으로 착각한다. 그것은 단지 사람에게 굶주리고 터치에 굶주리고 정에 굶주린 여자의 갈망이었는데...

결국 여자는 바람을 피우고 남자도 바람을 피운다. 여자는 돌아오지만
남자는 아직 돌아오지 않은 채 소설은 끝이 난다.

지키고 싶은 것과 사랑하는 것이 다를 수도 있다. 그들의 불륜 상대는
분명 사랑이었지만 지키고 싶은 것은 배우자였다.

어렸을 땐 그런 건 사랑이 아니야. 결국 사랑이 아닌 거야... 라고 말했
었지만 지금은 그런 게 다 수긍이 간다. 사랑해도 지키지 못할 수 있는 거
지 뭐...

트뤼포 – 〈시네필의 영원한 초상〉

– 프랑수와 트뤼포가 영화사상 최고의 감독이라고 말할 수는 없겠지만 그가 영화사상 가장 영화를 사랑한 감독이라는 사실은 아무도 부정할 수 없다.

그는 그 유명한 테제, 영화를 사랑하는 첫 번째 방법은 같은 영화를 두 번 보는 것이며, 두 번째 방법은 영화평을 쓰는 것이고, 결국 세 번째 방법은 영화를 만드는 것이란 말을 한 다음, 그 말을 실천한 사람이다.

트뤼포는 영화의 모든 것을 시네마테크에서 배운 첫 번째 세대이다. 그는 본 영화를 보고 또 보았다. 그는 학교에 거의 다니지 않았으며, 그런 다음에도 책의 도움을 빌리지 않았다. 하지만 트뤼포는 그렇기 때문에 영화에 모든 것을 걸었다. 그는 모든 것을 영화 안에서 설명했으며, 자기가 본 것을 믿었다. 그래서 그의 영화평은 종종 직관으로 그 어떤 이론이 다가가지 못했던 위대한 작가들의 창작의 비밀에 단숨에 도달하기도 했으며... (정성일의 추천사)

내가 트뤼포처럼 위대한 창작자는 아니지만 이 책을 읽으며 스스로에 대해 보다 더 잘 이해하게 되었다. 어찌나 어린 시절 에피소드가 비슷한 게 많은지...

사생아였던 트뤼포는 한평생 영화와 열애하며 살았다. 그를 거쳐 간 카트린느 드뇌브, 마리 프랑스 피지에, 이자벨 아자니, 파니 아르당 등 수많은 매혹의 여배우들은 영화라는 그의 궁극적인 연인과의 사랑에 영감을 주기 위해 기꺼이 이용된 존재들이다.

외로운 아이는 영화를 통해 소통의 출구를 보았고 한평생 성공과 실패의 영욕 속에 끝없이 자기를 투영하는 영화를 만들다 떠났다. 그는 부지런하고 성실했다. 사랑을 오래 유지하는 방법을 알지 못했으나 늘 뜨거웠고 애정을 갈구했다.

심리학자는 말한다. 문제아를 데리고 온 부모의 태도를 보면 이 아이가 치료될 수 있는지 없는지를 알 수 있다고.

― 우리는 잘못한 게 없는데 애가 도대체 왜 이런지 모르겠어요.
이런 부모 밑에서 자라는 아이는 치유되지 못한다.

― 선생님 가르쳐 주세요. 우리 아이가 왜 이런가요?
왜냐고 묻는 부모에게는 희망이 있다.

트뤼포는 문제아였고 소년원을 전전하는 매독 환자였다. 그가 미친놈이라서? 아니다. 그는 외로웠던 것이다.

아이가 마음에 들지 않는다면 물어보라. 왜냐고. 야단치고 무작정 때리기 전에 이유를 물어보라. 그토록 방황하는 이유가 뭐냐고...

아이는 아마 울면서 대답할 것이다. 사랑받고 싶다고, 외롭다고...

사랑의 대가

〈복수〉 – 짐 해리슨

브래드 피트 주연 〈가을의 전설〉 원작자로 알려진 짐 해리슨은 미국의 짧은 역사에 신화성을 부여, 전설로 만드는 힘을 가졌다. 많이 알려진 〈가을의 전설〉보다 인상적인 이야기는 〈복수〉.

어여쁜 아내가 절친한 친구와 사랑에 빠진다. 불법으로 살아가는 조직 보스인 남편이 얼마나 무서운 존재인지를 몰랐던 이 철없는 연인들은 사랑의 도피를 감행했다가 응징을 당하고 만다.

남편은 친구가 보는 앞에서 아내의 귀를 자르고 입술을 찢는다. 성형수술을 해도 다시는 아름다워질 수 없는 추녀로 만들기 위해. 한 달 동안 마약에 절여 폐인을 만들고 매음굴에 창녀로 던져넣는다. 악랄한 사내들이 이 유명한 러브스캔들의 주인공을 더럽히기 위해 줄을 선다.

친구는 온몸이 부서진 후 알몸으로 사막에 던져진다. 그는 당연히 독수리의 먹이가 될 운명이었으나 행인지 불행인지 어느 의사에게 구조되어 목숨을 건진다. 깨어난 그가 무엇을 하겠는가... 당연히 복수다. 자신을 이렇게 만든, 연인을 갈가리 찢었던 사내의 부하들을 차례로 죽여 가며 복수의 대상에게 다가가지만...

　사랑했던 아내를 만신창이로 만들고 친구를 죽게 만든 그는 이미 고독과 배신감으로 제정신이 아니어서 자신의 복수가 스스로에게 복수가 되어 돌아온 지옥의 시간을 살고 있었다.

　우여곡절 끝에 여자를 찾아내지만... 이미 망가질 대로 망가진 그녀는 꿈에 그리던 남자의 품속에서 죽음을 맞을 뿐이다. 두 남자는 묵묵히 그녀의 무덤을 파고, 그녀의 관 위에 흙을 뿌린다. 사랑의 대가, 배신의 대가... 참혹한데, 다 읽고 나면 이상하게 허망해지면서 마음이 정화된다.

　사랑한다는 것, 산다는 것이 슬프고. 안간힘을 다해도 우리는 그 슬픔에서 벗어날 수가 없는 것이다. 그러기에 알면서도 흘러갈 수밖에 없는 우리, 생.

사랑의 결과

〈괭이갈매기〉 – 다니무라 시호

– 사랑은 격렬하게 뚫고 나가지 못하면 내 몸을 다치게 하는 칼이 되어 돌아온다.

러시아 병사를 사랑했던 어머니는 집안의 반대를 피해 야반도주를 한다. 인형처럼 아름다운 남매를 낳았으나 남편은 전쟁터에 나가 돌아오지 않고 그녀에게는 튀기라고 놀림 받는 혼혈 자식들을 길러야 하는 고된 생이 주어진다. 딸은 신비로울 만치 아름답게 자라서 어촌으로 시집가 어부의 아내가 된다.

어릴 적에 자기보다 동생을 더 좋아하는 동네소녀를 바다에 빠뜨려 죽인 적이 있는 남편은 어느 한구석 마성을 지닌 사내로 자라 아내를 때리고 혼자 두고 바람을 피운다. 아름다운 형수가 고통 받는 것을 안타까이 여긴 시동생이 늘 조카를 안아주고 형수를 지켜주고... 결국 사랑에 빠진다.

고통을 참을 수 없었던 여인은 아이들을 데리고 집을 떠나려 하지만 남편과 시부모는 여인을 끈으로 묶어 가둬두고 보내지 않는다. 이를 구하려던 시동생... 결국 불행한 연인들은 남편 손에, 형 손에 죽임을 당하고 평화롭던 어촌 마을은 치정살인의 배경으로 전국적인 화제가 된다.

소설은 여기서 끝나지 않는다. 형의 아이, 동생의 아이였던 두 자매. 씨가 다른 비극의 자매가 스캔들 속에서도 꿋꿋하게 살아가는 후일담이 슬프고 아름답게 펼쳐진다. 〈데미지〉처럼 금기의 사랑을 소재로 하지만 이 작품은 사람에게 희망을 준다. 당대는 비극으로 끝났으나 진정한 사랑은 후대에서 피어난다. 사랑의 결과는 단시간으로 잴 수 없는 것이다.

〈사랑의 역사〉 이후 오랜만에 맘에 드는 작품을 만났다. 새벽에 깨어 쓰린 속으로 책을 읽다가 뜨거운 눈물을 흘렸다.

사랑했지만

〈백야행〉 - 히가시노 게이고

- 그녀의 눈에는 말로 표현할 수 없는 묘한 가시가 있었다. 그 눈빛은 미천함을 숨긴 빛이라고도 할 수 있었다. 진짜 공주라면 그런 눈빛을 하지 않을 것이다.

두 아이는 서로 사랑하였다. 그러나 그 사랑을 지킬 수가 없었다. 그들은 어렸고 살아갈 수도, 막아낼 수도 없었다. 그러나 소년은 지킨다. 목숨을 걸고 지킨다. 그러나 그 방법까지 정당할 순 없었다. 너무 어려서... 짐승 같은 부모를 가진 탓에...

너무 지독한 상처를 공유하면 사랑해도 관계를 이어갈 수가 없다. 그러나 다른 사람과도 관계는 안 만들어진다. 그래서 지옥 속의 두 영혼은 처절하게 외로움에 떨면서 서로를 보듬지도, 다른 이를 껴안지도 못하면서 낮에도 밤길을 간다.

백야행...

이틀 동안 상 중 하 세 권을 읽고 슬퍼서 낮술을 마시다. 히가시노 게이고... 원래도 좋아하지만 정말 이 작품은 최고다.

그들은 사랑했고,

사랑했건만,

사랑했으나...

끝에서 두 번째 여자친구

- 난 아무래도 남자들한테 끝에서 두 번째 여자친구인가 봐요.

- 그게 뭔데요?

- 내가 사귄 남자들이 모두 나랑 헤어진 다음에 결혼할 사람을 만났거든요.

- 우린 모두 상대방의 끝에서 두 번째 여자친구죠. 만약 어느 날 그가 당신을 잃는다면, 그는 마침내 당신이 얼마나 좋은 사람인지 이해하게 되겠죠. 지나간 잘못을 아파하며 뉘우칠 거고 그러고는 그가 다음 여자를 만날 때는 더 나아지는 거예요. 그는 그녀와 결혼할 거고, 아주 좋은 남편이 되겠죠. 하지만 그의 마음속에는 영원히 당신이 있을 거예요.

나도 끝에서 두 번째 여자친구다. 그들은 모두 나와 헤어진 후 다른 여자랑 결혼했다. 빅에게 배우자로 선택받지 못한 〈섹스 앤 더 시티〉의 캐리처럼 혼자 남은 내가 아프기도 했었다.

그런데 대만의 한 남자 작가가 그런 여자들의 운명을 소설로 쓴 것이다. 언제나 끝에서 두 번째 여자친구가 될 수밖에 없는 그런 여자가 나오는 이야기를. 이 착하고 다정한 아저씨는 그녀들의 운명에 아름다운 비애의 아이러니를 부여하여 한 줄의 위로를 주고 있다.

작가 왕원화는 대만에서 국립대학을 졸업하고 미국에 유학, 경영학 석사를 딴 후 월스트리트에서 일하다가 귀국해서 영화 마케터로 일한 이력의 소유자다. 문학에 대한 꿈을 버리지 못해 틈틈이 시나리오와 소설을 써서 마침내 〈해리포터〉를 누른 베스트셀러 작가가 되었다고 하는데...

나보다 다섯 살이 많은 이 남자는 아주 똑똑하게 생겼다. 이 책에서는 높은 교육열의 시대에 태어나 엘리트로 자랐으나 사랑의 상처만은 해법을 찾지 못해 고민하는 대만의 30대 독신들의 삶을 그리고 있다. 서울의 싱글들도 깊이 공감하는 이야기를 하고 있는데 이 소설을 읽고 나는 두 가지 코드로 복잡해지기 시작했다.

왕원화는 지금도 한 기업체의 대표로 일하며 틈틈이 소설을 쓴다는데 뭐 이렇게 하는 일마다 다 잘하는 슈퍼맨이 있는 것인가. 천재의 재능 앞에 범재의 고통이 스멀스멀 기어 올라온다. 소설은 얼마나 재미있는지... 현재를 살아가는 대만 성인남녀의 생이 생생하게 잡힌다.

나, 지금 서울을 살아가는 청춘남녀에 대해 뭘 알고 있는지? 도대체 나는 무슨 드라마를 쓰며 어떤 걸 만들 수가 있는 건지? 나와 나의 관계를 솔직하게 다 풀어낼 자신도 없고 그만한 통찰도 부족하고... 아직도 노력이 부족하다면, 도대체 얼마나 가야 하는가...

머리를 밀어버리는 작가, 골방에 박혀 문을 못질해버린 작가... 모두가 이해가 간다. 그들은 괴벽이 있어서가 아니라 그냥은 쓸 수가 없었던 것이다. 그냥 이렇게 말갛게 책상에 앉아서는 도무지 쓸 수가 없었던 것이다...

〈이토록 뜨거운 순간〉

　에단 호크를 싫어한 적은 없지만 그다지 열렬해본 적도 없는 나는 배우가 소설을 썼다는 사실에 혹해 이 책을 샀다. 우리나라 연예인들처럼 대필을 하지는 않았겠지 싶어서. 그래놓고는 몇 달 동안 서가에 꽂아두기만 했다. 막상 읽고 싶은 책을 찾을 때는 작가의 글이 아니라는 이유로 밀쳐졌던 것이다.

　드디어 어젯밤, 자다 깨어 서성이다가 이 책을 읽기 시작했다. 그리고 밤을 샜다. 흥분이 됐다. 아니, 배우도 이렇게 글을 쓰는데 명색이 작가인 나는 뭔가... 이토록 뜨겁게, 그 순간을, 이렇게 절박하게 그려내다니...

　스물한 살 청춘들의 사랑. 우리가 겪어온 시간이 거기에 있었다. 사랑하는 이와 온전히 하나가 되지 못해 안달하며, 어느 한 쪽으로부터 버림받은 이유를 도저히 알 수 없었던 청춘.

　사랑이 집착이 되고
　폭력이 되고
　무너져가는

불통의 시간들.

나에게는 사랑이지만, 너에게는 공포였던

'이토록 뜨거운 순간'의 기록.

먼 후일, 네가 담담하게 무언가를 설명하고 보여주려 하였을 때

그냥 돌아서는 나.

죽을 만큼 그리웠는데,

막상 그날이 오자 아무 말도 하지 않고 돌아설 수밖에 없는,

나.

이다음에 뭔가 되고 싶다는 소망 외에 아무것도 가진 게 없었던 스물한 살, 청춘들의 짧았던 러브스토리다.

연애와 결혼에 관한 차가운 고찰

<연인들> - 엘프리데 옐리네크

– 미래는 웃을 수 없다. 아직 오지 않았기 때문이다. 현재는 웃을 수 없다. 너무 힘들기 때문이다.

파울라와 브리기테의 생. 두 여자는 브래지어 공장의 여공들이다.

파울라는 못생겼다. 그래서 잘생긴 남자인 벌목꾼 에리히에게 끌린다. 그의 아이를 임신하여 결혼에 성공하지만 여자보다 오토바이를 좋아하는 에리히는 능력도 없고 폭력을 일삼는다. 파울라는 가족을 위해 매춘을 하다가 들켜서 이혼당하고 다시 여공이 된다.

브리기테는 예쁘다. 그래서 능력 있는 남자를 선택한다. 사업가인 하인츠를 만나 역시 임신으로 결혼에 성공한다. 하인츠는 양갓집 규수인 수지와 결혼하고 싶었으나 수지는 하인츠에게 관심이 없었다.

이 책은 사랑에 관한 이야기가 아니다. 생물학적인 관점에서 열성인자인 두 여자가 우성인자를 선택하여 살아남고자 한 현실을 그리고 있다.

이 작가의 문체는 '악랄하다' 는 평가를 듣는다는데 쾌감보다 고통을 주는 책 읽기를 끝내고 나면 그 평가에 공감하게 된다. 독일의 철학적 배경이 이런 작가를 낳았으리라. 어디에서 살고 무엇을 배우고 어떻게 사느냐. 작가의 삶이 글을 결정한다.

— 사랑은 지나간다. 하지만 삶은 지속된다.

마리아 칼라스

〈내밀한 열정의 고백〉 – 앤 에드워드

   – 잊고 있군. 당신은 내 거야.

   – 저는 제거에요!

며칠 동안 마리아 칼라스와 함께 살았다. 행복했고 슬펐다. 그녀의 고독한 죽음과 허무한 사후가 아파서 한동안 가슴이 먹먹했다.

아버지와 억지로 헤어지고, 자신을 사랑하지 않는 어머니의 고된 닦달 속에서 노래연습을 해야 했던 소녀. 뚱뚱해서 자신감이 없었던 소녀. 어머니의 마음에 든 적이 없어 평생 불안했던 소녀.

자신을 착취하는 나이 많은 남편과 헤어지고 세기의 선박왕 오나시스를 만났지만 그는 마리아를 버리고 케네디의 미망인 재키를 선택했다. 마리아는 오나시스가 결코 자기를 선택하지 않으리라는 것을 좀 더 일찍 깨달아야 했겠지만, 그렇게 현명했다면 위대한 디바가 되기는 어려웠으리라. 오페라의 역사를 바꿨지만 가정부와 집사에게 당신들만이 나의 가족이라며 전 재산을 물려주었던 고독한 여인. (그러나 사후 그녀의 재산은 희대의 사기극에 연루된다.)

마리아는 어떻게 해야 여자가 위대해질 수 있는지, 그 대가로 어떤 불행을 감수해야 하는지 자신의 생애로 보여주었다.

작가는 퓰리처상 후보답게 사려 깊은 애정으로 그녀의 일생을 서술하고 있다. 객관적이나 뜨거운 열정을 가지고.

위대해지고 싶은가, 행복해지고 싶은가...

〈영영이별 영이별〉 - 아버지의 딸

전설의 힘, 이야기의 힘이 세상을 바꾼다는 것. 이것이 문학의 기능이라는 생각이 든다. 진실과 정의와 아름다움의 편을 드는 것. 그리하여 지금 당장은 아니더라도 그 언젠가 세상을 나아지게 만드는 것.

이 책의 뒤표지에는 작품내용을 이렇게 요약한 글이 실려 있다.

– 죽어서도 놓지 못한, 단종을 향한 정순왕후의 불멸의 사랑. 왕비에서 서인으로, 걸인, 날품팔이꾼, 뒷방 늙은이가 되기까지 사랑한 것이 형벌이 되어버린 한 여인의 모진 운명... 그녀에게 삶은 사랑이었고, 사랑은 삶이었으며, 삶은 치욕이면서 복수이면서, 기어이 살아내라는 생명의 준엄한 명령이었다.

나의 아버지는 단종애사를 좋아했다. 원래도 역사책을 좋아하셨지만 특히 단종애사는 애독서여서 나에게 몇 번이나 그의 슬픈 생애를 이야기해주곤 하셨다.

내가 자라서 혼자 여행을 갈 수 있는 어른이 되었을 때 단종의 유배지였던 영월로 여행을 갔다. 소년이 갇혀 있던 영월의 청룡포는 깊고 푸른 강에 둘러싸인 천혜의 유배지로 그 울울하고 깊은 숲 속, 섬 안에 소년 단종은 홀로 갇혀 살았다 한다. 청룡포에 가면 나무 하나, 바위 하나마다 소년 단종의 고독이 서늘하게 박혀 있다. 나는 가슴이 아파서 더는 머물지 못하고 돌아 나왔다.

작가 김별아는 단종과 그의 비였던 송씨가 피눈물로 이별한 영도교, 어린 연인들의 생이별로 영이별 다리라는 이름을 갖게 되었다는 그 다리에 선다.

단종비는 열다섯에 혼인하여 단 2년간을 남편과 살았다. 그리고 열여덟에 남편을 잃고 왕비에서 죄인으로 떨어져 여든두 살에 세상을 떠났다고 한다.

작가는 단종애사의 비극에서 단종이 아닌 그 아내의 시각으로 통한의 삶, 무서운 세월을 그려낸다. 서로 사랑하는 일 외에는 아무것도 할 수 없었던 어린 왕과 왕비. 세상이 너무 무서워 서로에게 더욱 파고들었던 연인들. 단 2년을 사랑하고 평생을 그리움으로 보낸 가여운 여자. 왕비였다가 걸인으로, 종국에는 여승으로 생을 마감한 그녀는 사랑을 잃고도 아무것도 할 수 없어, 복수할 힘이 없어 그저 견뎌낸다. 그리하여 자기 사랑을 앗아간 자들의 영욕을 모두 지켜보는 것으로, 원수의 자손들이 어떻게 피비린내 나는 왕족사를 이어가는지를 지켜보는 것으로 복수를 한다.

그녀의 삶, 그녀의 세월, 그 사랑 때문에 울다가 나는 문득 뒤늦은 진실 하나를 깨닫는다. 왜 나의 아버지가 단종애사를 좋아했는지. 일찍 부친을 여의고 반은 고아나 다름없이 성장했던 그에게, 역시 고아가 되어 모진 고통을 겪어야 했던 단종의 삶은 비록 왕과 필부의 삶으로 다르기는 하지만 본질적으로 같을 수밖에 없었던 것이다. 아버지는 단종의 고독과 아픔을 누구보다 잘 알았기에 단종애사에 공명할 수밖에 없었던 것이다.

아버지의 고독을 서른이 넘어서야 어렴풋하게 이해한 딸은 이번에는 책 때문이 아니라 아버지 때문에 울었다.

그런 아버지의 딸은 지금 어떻게 살아가고 있는가...

내 가난한 발바닥의 기록

〈개〉

– 완전한 평화 속에는 본래 슬픔이 섞여 있는 모양이었다.

이 책은 진돗개 보리의 시선으로 쓰인 특이한 소설로 수몰과 가장의 죽음으로 자꾸만 빼앗기고 슬퍼지고 작아져 가는 한 가족의 부침과 그 가족과 함께 살아가며 부침을 겪는 한 개의 이야기를 담고 있다.

인간과 개 사이의 불통 속에서 얼마나 많은 슬픔이 일어나는지... 그러나 개는 화내거나 변명하지 않으며 묵묵히 분노와 매질을 견디고 수용한다.

할머니와 영희와, 어미 개의 모성이 눈물겹다.

이 세상 모든 아름다운 것들은 눈물겨운 것이다.

〈칼의 노래〉를 읽을 때 나는 한 문장 한 문장에 스며있는 허무가 견딜 수 없어 괴로웠다. 그토록 완벽한 문장을 읽는 것은 놀라운 쾌락이었지만 그 문장에 스며있는 허무와 당당한 고독, 엄살떨지 않는 슬픔은 저미는 고통이기도 했다.

〈개〉 역시 묘하게 슬프다. 개는 불통으로 일어난 처절한 슬픔을 말하고 곧 할 수 없다고 받아들인다. 체념이 아니라 수용이다. 개가 달에 가고픈, 인간이 되고픈 불가능한 꿈을 꾸면서 그것이 이루어질 수 없음을 알고 구슬프게 울부짖을 때, 나는 이것이 개의 이야기이자 인간의 이야기임을 알았다.

진돗개 보리가 이웃마을 흰순이를 사랑했지만 다른 개에게 빼앗겨 이룰 수 없게 되고 그 개와 되풀이해 사투를 벌이며 자기의 존재감을 확인하는 과정은 사람의 살이와 다르지 않았다. 다른 개의 새끼들을 낳고 죽어간 흰순이... 그래도 그 새끼들을 귀애하고 흰순이의 죽음을 마음에 새긴 보리.

함께 살아온 개를 죽여놓고 죽으면 개가 아니다, 고기다! 라고 하면서 잡아먹는 사람들. 정붙여온 짐승을 짐승이라는 이유로 쉽게 버리고 아무 데나 보내버리는 사람들. 보리는 그래도 사람과 인연 맺는 일을 아름답다 생각하며 이별 앞에 우뚝 선다.

또 다른 세상, 또 다른 만남이 있을 거라 믿으면서.

그 순간

〈플라이, 대디, 플라이〉 – 가네시로 카즈키

　– 기초란 뭐라고 생각해? 필요 없는 걸 버리고 필요한 것만 남기는 거야. 지금 아저씨 머리와 몸에는 쓸데없는 게 가득 들었어. 그래서 우선 기초 다지기부터 시작해야 해. 알겠어? … 아무것도 부수지 않고 뭘 이룰 수 있다고 생각하는 건 오산이야. 근육을 만들고 싶으면 일단 오래된 근육을 파괴해야 해. 무너진 것을 다시 세워서 새롭게 하는 거야.

　딸이 처음으로 발음한 엄마 소리를 녹음해둔 아빠. 별로 가진 게 없는 샐러리맨 아버지에게 유일한 자랑이었던 아름다운 딸. 그 딸이 폭행을 당한다. 가해자는 고교생이기는 하지만 권투 챔피언. 아버지는 그놈을 죽이고 싶을 정도로 증오하지만 실제로는 그의 힘에 대한 공포 때문에 모욕을 고스란히 감수한다.

　살면서 그런 순간이 있을 것이다. 나에게도 있었다. 내가 옳지만, 정당하지만 이길 수 없었던, 이겨보려고 시도할 수조차 없었던 그런 굴욕의 순간이.

　대부분 스스로를 속이며 그 기만을 잊고자 하지만 이 아버지, 결전의 그날을 정해놓고 연습에 돌입한다. 회사를 휴직하고 날이면 날마다 고통스러운 연습을 하는 이 남자. 오로지 딸에게 상처를 입힌 그놈에게 복수해주겠다는 일념 하에 지옥훈련을 한다. 그리고 이긴다. 전교생이 보는 앞에서 맞는 순간, 무릎을 꿇고 도망가고 싶은 유혹도 느끼지만 그 충동과 싸워 이기고 고통을 감수하며 싸움에 뛰어든다. 딸을 지켜줄 수 있는 아빠가 되기 위해서.

무력감에 빠진 사람에게 기합을 불어넣는 작품이다. 인내의 수련과정도, 힘들었던 승리도 감동적.

〈베개〉

　　어떤 할머니가 젊은 남자와 사랑에 빠졌다. 친척 결혼식에 갔다가 자기의 고운 한복 자태를 보여주고 싶어서 여관으로 남자를 만나러 오기도 하는 나름대로 열정적인 사랑이었다. 할머니에게는 남편인 할아버지도 있고 장성한 아들딸도 있었다.

　　그런데 어느 날 할머니의 딸이 남자를 만나러 와서
　　- 우리 엄마랑 데이트 그만 하셔야겠는데요...

　　경고를 하고 갔다. 남자는 할머니와 헤어졌다. 할머니는 울면서 매달린다.
　　- 왜 이러는 거야, 나한테 왜 이러는 거야. 내가 살면 얼마나 산다고...

　　별리의 고통을 토로하는 대사 중에 이토록 참혹한 것이 있었던가. 내가 살면 얼마나 산다고.

　　그 할머니는 불륜으로 분류되는 자기의 사랑, 여관을 전전하는 면구스러움을 포장하기 위해 차 트렁크에 국화꽃잎을 넣은 베개를 가지고

다녔다. 아무나 쓰는 것 같은 여관 침대와 베개가 싫어서. 침대를 지고 다
닐 수는 없었으므로 둘이서 벨 수 있는 기다란 베개를 가지고 다니며 후진
여관에 국화꽃향기를 불어넣었다.

마르시아스 심의 단편 〈베개〉라는 작품의 내용이다.

KBS에서 'TV 문학관' 준비할 때 감독에게 이 작품을 하고 싶다고 했더
니 드라마에서 할머니와 젊은이의 에로틱한 러브를 그리기가 어려워서 안
된다고 했다.

나중에 김혜자 아줌마랑 이걸 영화로 만들어보면 어떨까 싶은 생각이
있었는데… 요즘은 촬영도 힘들어하신다는 후문에 속이 상한다.

구원은 없다

<지하철> - 아사다 지로

- 내가 주문을 외워줄게. 잊어라, 잊어라... 고통을 모조리 기억하면 사람은 살아갈 수 없다. 모두 잊으면 희망이 남는다. 잊어라, 잊어라.

아사다 지로는 몰락한 명문가의 자제로 집안이 망하고 난 후 야쿠자가 되었다고 한다. 한때 드높았을 이상... 뒷골목에 몸담고는 있지만 그 물에 섞일 수 없는 자... 몰락한 집안의 아이가 소설가가 되는 일이 많다는 문장을 읽고 작가가 되기로 결심하여 야쿠자에서 작가가 된 특이한 이력의 소유자로 국내에서 개봉된 일본영화 <철도원>이 그의 원작이다. 우리 영화 <파이란>은 그의 소설을 사다가 영화화한 것이다.

몰락과 그로 인한 소외와 고독을 뼈저리게 경험한 이 작가는 늘 구원의 문제를 다룬다. 그러나 절망이 얼마나 깊었는지... 그는 이미 알고 있다, 이 세상에 구원은 없다는 것을. 그러나 그는 너무나 갈망한다. 구원을. 그래서 그는 소설 속에 절대로 일어날 수 없는 일을 그린다. 사랑했던 사람, 그러나 죽어버린 사람을 혼으로 불러내는 것이다. 그의 단편 중에 <백등>을 읽고 한밤중에 일어나 통곡을 한 적이 있다. 일어날 수 없는 기적을 그리며 애타게 구원을 기다리는 그의 처절한 절망이 나를 울렸다.

이번에 장편 〈지하철〉을 읽고 나서 나는 울지 않기 위해 한참을 애써야
했다. 미칠 것 같았다. 행복을 잃어버린 자, 인생이 잘못된 자, 그걸 돌이
킬 방법은 없다. 과거의 그 시점으로 돌아가 잘못을 바로잡는 수밖에는.
그러나 그것은 일어날 수 없는 일이다. 그러나 아사다 지로는 소설 속에서
과거로 돌아간다. 그리고 잔혹한 현실을 깨닫고, 사랑을 잃는다. 그러나
그를 위해 희생한 사랑, 그가 살아갈 이유를 준다.

'어머니, 당신이라면 사랑하는 사람과 어머니 중에 누구를 택하실 건가
요?'
'부모는 자식에게 행복을 구걸하지 않는다. 너를 위한 선택을 해라. 그
남자를 위해 살아라.'

여자는 어머니에게 고맙다고 말하고 어머니를 끌어안고 죽는다. 사랑하
는 남자를 지키기 위해 엄마와 함께 자신의 존재를 지우는 것이다.

나, 사실은 사라지고 싶어라. 다시 태어나, 인생을 새로 시작하고 싶어라.

8_꿈꾸는 드라마

〈천일의 약속〉 - 그녀의 고독, 그녀의 복수

그 아이. 여섯 살에 아버지를 여읜 아이.

네 살짜리 동생을 같이 남겨두고 도망가버린 엄마.

여섯 살짜리 손으로 라면을 끓여서 동생을 먹이던 아이.

라면이 떨어지자 동네 구멍가게에 외상을 하러 갔다가 거절당하고
돌아와

동생에게 물을 먹이며

엄마가 돌아올 거라 가슴 아픈 거짓희망을 이야기하던 아이.

고모가 찾아오지 않았다면 동생과 함께 굶어 죽었을 아이.

고모 집에 얹혀 자라며

그 집에 온 첫날부터 새벽 여섯 시에 일어나 동생을 세수시키던 아이.

사촌들의 눈치를 보며

중학교 때부터 부엌일을 도맡고 과외로 제 용돈 벌이하던 아이.

열여섯에 처음 만난 사촌오빠의 친구를 사랑했지만

병원장의 아들, 그의 이력에 지레 물러나

그저 혼자 마음에 품고 좋아하는 것으로 서른을 맞은 그 여자.

자존심밖에 아무것도 가진 것이 없어

그를 차마 잡지도 못하고

그저 일 년, 그가 결혼하기 전까지 숨겨진 여자가 되는 것에 동의한 그

여자.

그리고 기한이 다해 그 남자와 이별하고

모든 것을 잊어가는 알츠하이머에 걸린 여자.

불쌍한 여자.

가진 게 없는 여자.

불행한 여자.

나, 그 여자가 가여워 울었네.

왜인지 그 여자의 삶, 그 고통, 그 고독

내 것인 양 선명하게 잡혀 눈물이 났네.

좋아하는 사람을 만나게 되어도

그 사람이 내 것이 되리라는 희망 같은 것

품지 않았던, 못하던 청춘.

그저 한 시절 사랑하다 보내는 것으로 그만이었네.

그러나 사랑하는 가족들.

지켜주고 싶은 식구들.

행복하게 해주고 싶은 사람들.

슬프면 생각나고 기뻐도 생각나고

우울하면 기대고 싶고 좋은 일은 나누고 싶고

어제를 이야기하고 오늘은 함께 하며

내일을 꿈꾸고 싶은 사람.

그대의 노래를 듣고 싶네.

미성으로 들려주는 이별 노래.

기쁨에도 슬픔이 담기고

슬퍼도 과하지 않은 사랑 노래.

나의 노래를 들려주고 싶네.

언제나 슬픔이 무겁게 깔리는 나의 노래를.

〈그림〉 - 상상력과 해석력

〈워킹 데드〉의 좀비도 〈그림〉의 괴물들도 무섭고 싫어서 안 보다가 결국 연속방송의 낚시에 걸려 워킹 데드의 폐인이 되고 그림도 보고야 말았다. 〈원스 어폰 어 타임〉에 나오는 동화가 훨씬 마음에 들어서(거긴 멜로가 나오니깐) 괴물퇴치가 주인 것 같은 〈그림〉은 별 관심이 없었는데 두 작품이 기존의 동화를 해석한다는 틀은 같지만 기본 틀을 운용하는 상상력의 각도는 다르다는 생각이 들었다.

뭐랄까... 〈원스...〉는 여자가, 〈그림〉은 남자가 쓴 것 같은 느낌?

〈원스...〉에서는 악역인 왕비 캐릭터가 인상적이다. 아무리 사랑해도 자기의 욕망을 위해서 그 대상을 희생시키며 사랑을 던져버리는 그녀는 결국 외로울 수밖에 없는데 눈물을 흘리면서 아비와 정인을 죽이는 그녀의 선택이 뭐랄까... 기이한 연민을 자아낸다.

〈원스〉가 관계의 드라마라면 〈그림〉은 계급의 드라마이다.

일단 〈그림〉의 설정은 마법사와 머글들이 공존하되 마법사의 존재를 알지 못하는 머글들이 살아가는 해리포터의 세계처럼 인간과 온갖 이족이 섞여서 살아가는 이 세상에서 이족들의 범죄를 밝혀내는 형사 그림이 주인공이다.

사회의 능력자로 살아가는 마녀 헥센비스트, 야성이 살아 있는 늑대 블룻바드, 살인으로 복수하는 돼지, 계층의 가장 밑바닥인 쥐, 꿀벌 멜리퍼, 도망가는 오소리, 유혹하는 염소...

결국 종의 구분은 우리네 다양한 인간들의 심층적인 속성일 뿐, 이족의 경계란 곧 다양한 인간군상의 극대화된 표현에 불과하다.

어린 시절, 그림동화 중에 가장 무섭고 이해할 수 없었던 〈피리 부는 사나이〉는 그림의 해석 속에서 비로소 이해된다. 마을의 쥐들을 없애주었으나 왕따 당했던 피리 부는 사나이는 아마도 가장 밑바닥의 빈민이었을 것이다. 마을에 쥐가 있는 건 싫지만, 쥐를 없애주는 직업은 꼭 필요하지만, 막상 그 직업의 주인공은 너무 싫은.

그래서 사람들의 기쁨이었던 아이들을 모조리 데리고 사라지는 복수를 감행한 사내. 피리 부는 사나이.

여기 동화가 있다.
지금도 여전히 진행 중인...
우리들의 무서운 현실이.

〈워킹데드〉 – 인간의 조건

　폭스 채널에서 주말에 전시즌 올나잇 편성한 것을 사흘 동안 보게 되었다. 서스펜스 스릴러는 좋아해도 좀비 호러는 싫어해서 잘 안 보는데 〈워킹 데드〉는 좀비가 나오긴 하나 호러물이라기보다 심리물에 가까워서 작업 전폐하고 드라마 시청에 올인했다.

　아내와 아들이 있는 보안관 릭은 근무 중 총상을 입고 코마에 빠지는데 병실에서 눈을 떠보니 세상이 뒤집혀 있었다. 정체불명의 바이러스가 번져 사람들이 온통 좀비로 변해버렸던 것. 사라져버린 아내와 아들을 찾아 도시를 헤매는데 마침내 찾아낸 아내는 남편이 죽은 줄만 알고 다른 남자가 생겨 있다.

　그 뒤 소규모 생존자 그룹을 이끌면서 각자 생각이 다르고 개성이 다른 인물들과 함께 애증 어린 관계와 생사를 건 사투에 휘말리게 되는데 드라마가 진행되는 동안 계속되는 질문.

　우리가 인간이고자 하는 선은 어디까지인가? 우리가 좀비와 다른, 인간일 수 있는 지점은 어디부터인가?

그저 살아남기 위해 아무런 감정 없이 타인을, 다른 인간을 먹이로 삼는 괴물 좀비.

일본만화 〈기생수〉에서 인간에게 던졌던 똑같은 질문.

너희가 살아남기 위해 다른 생물 개체에 저지르고 있는 짓과 무엇이 다른가. 결국 죽음을 맞이할 인생에서 스스로의 이익을 위해 얼마나 이기적으로, 남을 상처 주면서 살아가고 있는가 하는 근원적 질문이 여기에도 있다.

멈출 수가 없었다.

그들의 공포와 고통과 회한과 사랑이, 그리고 희망이 내 것인 양 생생하게 전달된다. 드라마의 성패는 등장인물에게 얼마나 감정이입을 시키느냐에 달려 있다. 화면 속의 사건들이 남의 일 같지 않아야 한다. 그저 드라마에 그치는 것이 아니라 내 일같이, 나의 삶같이 피부에 와 닿아야 한다. 저렇게 써야 한다는 자괴감이, 저렇게 쓰고 싶다는 갈망이 마구 올라온다.

매력적인 조연 글렌역의 스티븐 연은 한국인 배우. 극 중에서도 한국인 이민자 청년을 연기한다. 달라진 한국의 위상을 대변하듯 내가 본 미국 드라마를 통틀어 가장 리얼하고 정상적인, 공감 가는 한국인 캐릭터를 연기한다. 특히나 사랑 앞에서 망설이고 배려하고 고민하는 부분은 우리 시대 건강하면서도 수줍은 한국인 청년들의 연애스타일과 많이 닮아 있어서 작가진이 얼마나 아시안 청년 캐릭터, 그중에서도 한국문화에 대한 고민과 연구가 있었는지를 짐작할 수 있었다.

〈길모어 걸스〉에 나오는 주인공 친구에 비하면 얼마나 섬세하게 인물을 그려놓았는지. 길모어 걸스의 한국인 소녀 캐릭터를 보고 작가 진의 무식과 근거 없는 묘사에 어이가 없었는데 스티븐 연은 한국의 보통 청년을 있는 그대로 보여준다.

매력으로 승부하던 다니엘 헤니는 막상 할리우드 영화나 미드에서는 그 존재감이 약해지곤 하는데 평범한 외모의 스티븐 연은 회를 거듭할수록 자신의 존재를 각인시킨다. 미국이 드라마에서 아시안 피자배달부와 백인 농장주 딸을 커플로 만든 적이 있었던가? 스티븐 연은 근육질 백인 남자 주인공들보다 훨씬 더 매력적이다. 똑똑하고 책임감 있고 재치 있고 희생과 배려가 있고 예의도 바르고.

다음 시즌이 가을에나 나온다는데... 기다리기 힘들다.

〈멘탈리스트〉 – 사이먼 베이커의 매력

하루 진을 빼고 나면 다음날 일하기가 힘들어진다. 일요일에 회의하고 작업하느라고 밤새고 나서 월요일 하루 종일 골골댔다. 1회분 원고 반 정도 수정했는데... 다음날은 도저히 작업하기가 싫었다. 도피처로 선택한 것이 미드 〈멘탈리스트〉.

시즌 1은 클리어 했기 때문에 시즌 2에 도전, 반 정도는 얼마 전에 봐둔 터라 시즌2 나머지 정복에 들어갔다.

새벽 4시까지 올 데이 시청.

법정물과 수사물, 그중에서도 특히 심리 수사물을 좋아하기 때문에 사이먼 베이커가 나오는 〈가디언〉이나 〈멘탈리스트〉는 이래저래 선호 작품이 될 수밖에 없다. 그러나 두 작품은 장르적 선호도 외에도 남자 주인공 사이먼 베이커에게 끌린다.

〈멘탈리스트〉에서 그는 천재적인 독심술로 영매 사기를 치고 상담가로 이름을 떨치지만 방송에 나가 잘난 척했다가 연쇄살인마 레드 존에게 아내와 아이를 살해당하는 비극의 당사자를, 〈가디언〉에서는 부모의 이혼 뒤 엄마가 병사하는 바람에 양친 모두로부터 버림받은 트라우마가 있는 변호사를 연기한다.

사이먼 베이커의 연기가 놀라운 지점은 매 회 다른 에피소드에 충실하면서도 인물이 본래 지니고 있는 아픔과 상처를 한순간도 잊지 않고 발산, 전달하고 있다는 점이다. 하여, 그에게 모성본능 비슷한 연민을 느끼면서 공감하게 되는데 훌륭한 각본 덕이겠지만 아무튼 그 배우에게 빠져들어 버렸다.

〈프리즌 브레이크〉 보면서 스코필드에게 심하게 감정이입 되어 그가 죽을 고생하는 게 너무 힘들었는데 사이먼 베이커는 그에게 가서 잘해주고 싶은 주책 맞은 오지랖이 생긴다. 〈악마는 프라다를 입는다〉나 다른 영화에서 아픔이 베이스로 깔리지 않은 역을 할 때는 다소 느끼해 보이지만 〈가디언〉에서 별 대사도 없이 등장인물의 심정을 고스란히 전달시키는 능력은 가히 놀랍다.

〈황진이〉 - 잃어야 하는 것들의 목록

용인의 리조트. 전날 작가들과 감독과 함께 마신 술로 새벽에 일찍 깼었다. 일행들이 모두 자고 있어 소리 내지 않고 할 수 있는 일이란 책 읽기밖에 없기에 쓰린 속을 활자로 채웠다. 전경린의 〈황진이〉. 작가는 감정적이고 열정적인 사람 같다. 나는 여성 소설가들 가운데 전경린을 가장 좋아한다. 스스로를 열정적이라 이르기는 뭣하나 이성적이라기보다는 다분히 감정적인 나의 특질이 전경린에 특별한 반응을 하게 했을 것이다. 〈메리고라운드 서커스 여인〉이나 〈내생에 단 하루뿐일 특별한 날〉을 영화로 만들고 싶었지만 〈메리고라운드 서커스 여인〉은 우리나라에서 받아들이기 어려운 판타지를 갖고 있고 〈내생에...〉는 밀애라는 제목으로 이미 만들어졌다.

〈황진이〉는 두 권짜리 소설이다. 새벽에 첫 장을 펴서 오후까지 단숨에 두 권을 다 읽었다. 한 큐에 읽어 내리기는 어느 밤에 읽었던 마릴린 몬로의 자서전 이후 처음이다. 마릴린 몬로와 황진이의 삶에 공감했다고 말하자니 절세가인이었던 가장 중요한 특질을 따라가지 못해 스스로 민망하다. 아마도 한 남자에게 기댈 수 없는, 기대지 못하는 여자들의 특질인지도 모르겠다.

황진이는 눈먼 거문고 주자였던 한 예기와 양반 황진사의 딸이다. 남편의 넋이 나가 있는 여자로부터 자신을 지키기 위해 본처는 눈먼 기생의 딸을 본가로 데려온다. 딸의 장래를 위해 불쌍한 어미는 자취를 감추고 황진이는 자기가 서출인 줄을 모르고 귀하게 자란다.

아버지 황진사는 본처와 진이가 정인을 앗아간 원흉이라고 생각하고 평생 냉대한다. 아버지의 냉대와 양모의 기만된 사랑 속에서 자란 황진이는 양모의 죽음으로 하루아침에 양갓집 규수에서 천출로 떨어진다.

수없는 이별과 만남을 반복한 뒤에 진이는 평생 가장 사랑하고 오래 기다린 한 남자, 이사종을 만나게 된다.

자기의 극복에서 타자의 극복, 그리고 삶의 궁극적 진리로 나아가는 황진이의 삶은 구도자의 그것으로 그려진다. 후진 여자는 남자의 돈에 넘어가고, 그보다 나은 여자는 남자의 재능에 넘어가고, 최고의 여자는 남자의 뜻에 넘어간다. 기생 황진이는 첫날 머리 올리는 상대를 가장 돈 많이 내는 남자로 정했다가 일생의 업을 짓게 된다. 가장 깊이 사랑한 남자는 불행한 예술가 이사종이었으며 말년에 깊은 교감을 나눈 이는 학자 서화담이었다.

황진이처럼 사랑하고 그토록 뛰어난 시들을 남길 수 있다면, 한평생 홀로 가는 외로움도 누추하지 않아 보인다.

한 가지 의문은 황진이를 스쳐 간 남자들이 대부분 평생토록 그녀를 그리워하는데 그녀가 아무리 아름다운 명기라 하여도 남자들이 과연 그렇게 절대적인 그리움을 앓았을까? 그것은 황진이의, 작가의 사랑에 대한 판타지가 아닌지.

남자들이 무어 그리 사랑을 귀하게 여겼으리... 한순간 꿈처럼 놀다 간 것을 그녀가 그토록 크게 걸고 미화한 것은 아닌지.

돌아와서 내 드라마 회별 줄거리를 쓰면서 하지원이 나오는 황진이 드라마 DVD를 하나씩 봤다. 한 회 쓰고 한 회 보고.

매회 한 번씩은 울었다.

진이는 예술가가 되기 위해 아비를 잃고, 어미에게 버림받고, 첫사랑을 잃고, 두 번째 사랑도 보내고, 스승도 잃고, 임신한 아이도 잃어야 했다...

비로소 춤꾼다운 춤꾼이 되었을 때, 그녀는 마지막으로 되찾았던 어미를 저세상으로 보낸다.

찰리 채플린은 한 살 때 아버지를 잃고, 세 살 때 엄마를 잃고, 보육원에 가서 무대에 서다가 청소년기에 이미 성인극단에 섰다. 그 나이에 인생의 희로애락을 이미 모두 알고 있었기에. 그의 영화에는 고아가 많이 나오는데 그것은 그의 자화상이다.

내가 잃어버린 것들의 목록을 작성해보았다. 앞으로 잃어버려야 할 것
들이... 더 많다. 강혜정은 이미 좋은 배우이면서도 자기는 한참 더 무너져
봐야 한다고 했다.

무너지는 것...

고통과 눈물이 가락이 되는 따뜻한 진실...이라고 황진이의 연인은 말한
다. 고통은 차고 그 고통이 예술가의 양분이 된다는 진실은 따뜻하다며...

<데릴사위> – 세상에서 가장 따뜻한 가족

한 소년이 있었다. 아버지는 집을 나갔고 엄마는 소년을 돌보다가 일찍 죽었다. 엄마의 장례식에서 울고 있는 소년에게 누군가 기타를 준다.

– 외로우면 이걸 쳐봐.

소년은 언제나 외로웠고, 열심히 기타를 쳐서 락스타가 되었다.

그 뒤 한 여자를 만나 사랑하게 되었고 우여곡절 끝에 그 집의 데릴사위가 되었다. 가족끼리 식사 한 번 해본 적이 없었던 이 남자, 톱스타이면서도 세상에서 가장 따뜻한 가족을 만드는 것이 꿈이었던 이 남자, 일하면서 겪는 어려움보다 집안에서 식구들끼리 부딪히는 갈등이 더 큰 고민이고 절체절명의 과제다.

그래서 자주 운다.

밥상 한 번에도 울고, 조카가 된 꼬마 녀석 때문에도 울고, 아내 때문에도 울고, 늘 눈물범벅이다. 이 드라마가 코미디라서가 아니라 그에게는 진짜 눈물 나는 일상이기 때문이다.

리메이크 권유가 있어서 일 때문에 보게 된 일본 드라마인데 보고 있으면 묘하게 가슴이 아파지는 홈코믹이다.

이 드라마를 보고 있으니 주인공과 닮은 한 친구가 생각난다. 친구들의 배려나 관심에 크게 반응하던 그 친구. 남들 눈에는 오버로 보일 만큼 리액션이 컸던 게 그에게는 실제 사이즈였음을 이제야 알겠다. 그는 부모가 없는 사람이었다.

공지영의 소설 〈봉순이 언니〉를 보면 봉순이 언니가 선보러 나가서 그 남자가 돈가스를 썰어주는 데 반하는 장면이 나온다. 누군가 나에게 맛있는 걸 먹어보라고 한 게 처음이었다고 봉순이 언니는 이유를 설명한다. 세상에 태어나 스물 몇 해를 살면서 맛있는 걸 권해준 사람이 처음이었던 그 가난함. 물질의 가난함이 아닌 그 관계의 가난함, 온기의 가난함...

톱스타로 명예와 부를 거머쥐었지만 이 남자 역시 가난했던 것이다. 사랑하는 사람 없이는, 사랑해주는 사람 없이는 우리 마음의 가난은 절대로 벗을 수 없다

그녀들의 신년 인사

강의를 들은 방송작가 아카데미 3기 라디오 클래스 학생들이 송년회도 못했다며 신년인사를 왔다. 수료 후 막 방송 생활을 시작할 때는 어설픈 초짜 티가 팍팍 났는데 이제 몇 년차 작가생활을 지나오고 나니 제법 관록이 붙어 노련한 포스가...

그리고 다들 연애 중이란다.

모태 솔로처럼 보였던 누군가도, 짝사랑 전문 누군가도... 목하 열애 중이었고 뒤늦게 대학에 합격하여 만학도의 꿈을 이뤄가는 누군가의 새 출발은 보기만 해도 행복해지는 기쁜 소식이었다.

개편 시기가 오면 프로그램에서 잘릴까 봐 전전긍긍하던 녀석들이 이제 대차게 이 프로 그만두고 다른 프로 해야 한다며 자신감 게이지 상승한 걸 보고 속으로 웃었다. 그래, 정말 니들이 프로가 되어가는구나.

작가의 꿈을 이루고 사랑도 하고. 누군가는 공부도 더 하게 되고. 그들의 젊음과 더불어 한 계단씩 성숙해져 가는 모습들이 얼마나 보기에 좋던지.

돈도 안 되고 골치만 아픈 아카데미는 봉사직이라고 농담을 하곤 하는데 이 만남이 그들의 인생을 변하게 한 순간을 보면 그야말로 보람이 차오른다. 작가가 되어 성공하고 돈을 많이 벌어 보람찬 것이 아니라 가정에서, 직장에서 그저 한 부속으로만 살아가던 삶이 작가로서 존중받고 자기 자리를 분명히 갖게 된 변화가 아름답고 놀라운 것이다.

프라이드에 가득 찬 표정들. 이제 정말 작가로서 살아가리라는 자신감. 그들의 앞날에 축배를 가득 부었는데 며칠 뒤 선배 기수인 1기와 2기 학생들이 또 신년인사를 왔다. 바쁜 선생을 기어이 보겠다며 일산 작업실까지 와준 학생들. 아무래도 선생이 서울 방송 출신이다 보니 공중파 취업은 서울방송이 주로 많은데 시사 프로, 음악 프로 등 다양한 프로그램에서 안 잘리고 무사히 작가생활을 하고 있다.

한 친구는 심지어 담당 피디와 결혼식까지 올려서 한 일도 없이 보람찬 기분을 선사했는데 오랜만에 그들을 보면서 얼마 전 변방을 떠돌며 야전에서 자리 잡은 3기수 학생들과 비교를 하게 되었다. 학생들이 가장 원하는 것은 아무래도 공중파 입성인데 운이 좋은 학생들은 아카데미 수료와 동시에 공중파에서 일하게 되었다. 그리고 지금까지 몇 년 동안 그 안에서만 일을 하고 있다. 처음엔 안정적인 환경과 공중파 방송의 파장을 누리는 작가로서의 즐거움이 좋아 보였으나 너무 한 곳에서 한정적인 사람들과 일을 하다 보니 자생력이 부족한 느낌이 들었다.

3기수 학생들은 이 일도 해 보고 저 일도 해보면서 작가료도 올라가고 다양한 경험과 인맥을 쌓고 있는데 공중파에서 일하는 친구들은 몇 년째 제자리인 박한 원고료와 개편 때마다 여전히 불안해하는 모습이었다. 나는 가능하면 다른 일도 해보고 다른 분야의 경력도 쌓아보라고 조언을 해주면서 좋은 학교가 우리 인생의 보증수표가 아니듯 학생들이 그토록 원하는 공중파 역시 정답만은 아니라는 생각이 들었다.

결국 어느 자리에서건 작가의 능력은 자기가 만들어가는 것이다. 공중파건 케이블이건 지역방송이건 뭐건 간에 잘하는 사람, 잘 쓰는 작가가 살아남는다. 하여 나는 오늘 자신 있게 학생들에게 말할 수 있을 것 같다.

공중파를 고집하지 말라. 그럴 필요 없다. 즐겁게 열심히 일할 수 있는 프로그램을 선택하라고! 어느 자리에서건 최선을 다하고 능력을 키우라고!

하진을 만나다

　세상에 태어난 지 두 달도 안 되는 하진이를 만나러 갔다. 드라마를 배우며 같이 작업을 하던 그 아이의 엄마는 임신과 출산으로 하던 일을 접었었다. 새 생명을 품게 된 것이 기쁘지만 일을 미뤄야 하는 초조감도 한구석 남아 있을 터. 세상에서 가장 아름다운 작품을 만들었으니 당분간 육아에 전념하라고 격려해주었다.

　하진이는 갓난쟁이답지 않게 눈코입이 또렷한 미인이었다. 진짜 이모들과 수십 명의 아카데미 이모들을 가진 하진이는 처음 만나는 이모 품에서 보채지도 않고 어찌나 순하게 안겨있는지 그 아이의 달콤한 향기와 보드라운 살결이 벅찬 행복감을 안겨주었다.

　– 신랑이 좋아? 아기가 좋아?

　내 친구들은 결혼하고 아기를 낳으면 모두 아기가 더 좋다고 하기에 농삼아 물었다.

　하진 엄마의 우문현답.

- 그건 비교할 수 없어요. 이 아이는 내가 아니면 죽을 수도 있잖아요...

그 순간 깨달은 것, 아 모성이란 이런 것이구나. 내가 아니면 죽을 수도 있는 여린 존재에 대한 절대적 책임감.

사무치게 그 애를 기다렸던 하진 엄마. 하진이는 아카데미의 수많은 이모의 사랑과 관심 속에 아름답게 커갈 것이다. 잠깐 보고 온 그 애의 얼굴이 일주일 내내 눈에 밟힌다.

부산 아줌마, 평택 아가씨

학생들 중에 부산에서 올라오는 사람이 있다. 버스나 기차를 타고 와 저녁밥도 굶은 채 일곱 시부터 열 시까지 세 시간 수업을 듣고 나서 전철을 타고 터미널로 가 막차를 타고 그제야 집에 돌아가면 새벽 서너 시. 문득 그 긴 여정에 대해 책임감이 들면서 그렇게 멀리서 와서 듣고 갈 만한 가치 있는 수업인가, 스스로 회의가 들었다. 살림도 하고 직장도 다니면서 드라마를 배우러 서울까지. 그러다 보니 숙제할 시간이 없어 고민이 많다. 습작시간을 확보하기 위해 일을 그만두고 실업급여를 받으며 버텨볼까 한다는데, 뭐라고 해 줄 말이 없었다.

평택에서 운전해오는 사람도 하나 있다. 가업을 돕느라 바쁜 와중에 그래도 꿈을 향해 노력해보겠다고 고단한 몸을 이끌고 힘겹게 서울까지 온다.

그날따라 유난히 결석생이 많은 가운데 멀리서 온 학생들을 데리고 수업을 하면서 질문을 던졌다.

– 왜 작가가 되려고 하시나요?

이 질문은 수업 첫날도 했던 질문이다. 종강을 향해 달려가고 있는 이 즈음, 교재를 한 권 끝내고 두 권째 들어가면서 처녀작을 써내느라 산통을 겪고 있는 그들에게 중간 질문을 다시 한 번 던졌다.

부산 아줌마의 대답.

— 그 어느 자리에 있어도 제자리가 아닌 것 같고 늘 불행했어요. 여기 오니까 더 이상 불안하지 않고 불행하지 않아요. 자신감이 생겨요. 저는 여태까지 제가 불행을 많이 겪은 슬픈 사람이라고 생각했는데 글을 쓰면서 돌아보니 참 행복하게 살았더라구요. 제가 사실은 행복한 사람이었다는 걸 깨달았어요.

평택 아가씨의 대답.

— 나 자신으로 살고 싶었어요. 누군가의 딸로서, 회사의 직원으로서 의무와 타인의 요구에 시달리지 않는 나 자신이 되고 싶었어요. 불행한 줄 알았는데 행복했다는 걸 깨달은 언니와 달리 저는 정반대에요. 초 긍정적이고 낙천적인 저는 여태까지 가족과 가업을 위해 희생하고 살면서도 제가 행복한 줄 알았어요. 근데 여기 와서 보니까 제가 참 불행하고 슬픈 사람이었더라구요.

불행한 사람이 깨달은 행복과 기쁜 사람이 깨달은 슬픔. 그녀들의 대답을 들으며 나는 기쁘기도 하고 아프기도 했다. 아이러니하지만 그들은 정반대의 깨달음을 가지고 앞으로 나아가고 있는 것이다.

글쓰기란 나를 찾아가는 여로이다. 진정한 자기 자신을 찾아가는 여행.
작가의 행복은 성공에 있는 것이 아니라 이러한 성숙에 있다.

그들의 재주는 아직 작가가 아니지만 그들의 마음은 이미 작가다.

그들이 걸어갈 가시밭길에서 나는 아무것도 해줄 수 없다. 다만 피 흘리
고 울음 울 때 같이 아파하는 것뿐.

작가의 자격

어떤 감독이 드라마에 대해 이런 말을 했다.

- 한 사람을 오래 속이기는 쉽다. 많은 사람을 잠깐 속이는 것도 쉽다. 그러나 많은 사람을 오래 속이는 것은 불가능하다. 이것이 드라마의 본질이다.

이렇게 말한 감독도 있다.

- 드라마란 사람의 마음을 움직이는 것이다.

다음은 일본 드라마의 한 대목이다.

- 사람에게는 세 가지 측면이 있어. 내가 아는 나, 남이 아는 나. 아무도 모르는 진짜 나. 진짜 나의 모습은 언제 드러나나요? 모든 것을 다 잃었을 때.

심리학에서 말하는 자아의 네 가지 구역은 다음과 같다.

내가 아는 나

남이 아는 나

나는 모르고 남만 아는 나

나도 모르고 남도 모르는 나

사람들은 세 번째와 네 번째, 자기가 모르고 남만 아는 모습이나 자기도 남도 모르는 모습을 지적당할 때 굉장히 거부감이 심하다. 인정할 수 없으므로. 자기가 가진 가장 큰 무기를 잃었을 때의 그 사람을 생각해보면 그 사람의 진짜 본질, 쳐다보기 무서운 진실이 드러난다. 그럴 때, 우리는 얼마나 작은가... 얼마나 하잘 것 없는가... 그러나 또 인간은 얼마나 위대한지. 그걸 겪어내고 나면, 거인이 되기도 한다. 그래서 위대한 인물들의 생애에는 그들을 알몸으로 만드는 시련이 파도처럼 닥친다.

같이 일하는 사람과 나는 처음에 무지 싸웠고, 그 뒤 내가 포기했는데, 회복되는 순간은 두어 마디가 있다. 그 애증까지, 분노와 슬픔과 서로의 하잘것없음과 치졸함까지 그냥 솔직하게 이야기할 때. 세 번 정도 그런 시간을 가지면서, 우리는 서로가 이 일을 포기할 수 없기에 그 솔직함이 주는 여지로 한동안 가다가 그게 또 쌓이면 다시 또 무섭게 솔직해지고 그런 되풀이를 하고 있다.

작가지망생들이나 후배들이 작가가 될 수 있는지를 물어올 때, 누군가 추천을 의뢰할 때 사람 보는 기준은 아주 간단하다. 필력, 재능, 천재성 다 소용없다. 그가 희생할 수 있는가 없는가, 그것만 보면 거의 100% 맞는다. 크리에이터의 기준은 창작을 위해 얼마나 희생할 수 있는가이다.

작가가 된다는 것

잡지에서 스시장인 오노 지로의 기사를 읽었다. 지하에 있는 공동 음식점, 공동화장실을 쓰면서 10명 남짓한 손님이 앉을 수 있는 스시다이가 전부인 작은 가게가 미슐랭 별 셋을 받을 수 있었던 것은 40년 동안 하루에 열두 시간씩 일하며 스시를 만드는 일에 평생을 바쳤던 오노 지로의 철저한 장인정신 때문이었다. 20피스에 3만 엔이라는 높은 가격, 내놓은 스시를 손님이 바로 먹지 않으면 쓰레기통에 버리고 나가시라고 말하는 불친절한 오만, 그럼에도 불구하고 한 달 전에 예약하지 않으면 식사가 불가능한 집. 기자는 그를 보면서 한 문장을 얻었다고 말한다.

"치열하지 않다면 그건 삶을 올바로 사는 게 아니다."

기회가 많다면 많고 적다면 적은 방송가. 일이 조금만 고되면, 선배나 피디가 조금만 뭐라 그러면 금방 그만두고 와서 나한테 안 맞아요, 저는 제 방식이 있는 것 같아요... 철딱서니 없는 소리를 해대는 학생들 때문에 속이 상해 있다가 오노 지로의 말에 무릎을 치며 공감한다.

— 다들 자신에게 맞는 일을 찾아 헤매지만 사실 그것이 아니라 일에

나를 맞춰가는 것입니다. 지금 맡은 일을 천직이라 생각하고 최선을 다한다면 그 일이 곧 내 일이 되는 것이죠.

6기 종강 시간. 마지막 당부를 했다. 하고 싶은 일 한 가지를 위해서는 하기 싫은 일 99가지를 참아야 하는 것이 세상의 이치라고. 부디 하고 싶은 일을 향한 열정을 보여 달라고.

〈청소년을 위한 마지막 강의〉의 저자인 나의 대학 동기 윤승일 작가는 책에서 이런 말을 했다.

– 우리는 재능이 꽃나무와 같다는 걸 잊어버리곤 합니다. 일정하게 거름을 주고 물을 주는 일을 꾸준히 하지 않으면 꽃이 피는 것을 볼 수 없습니다. 재능은 지루하지만 끈기 있게 관리되어야 발전하는 것이지 갑자기 증폭되었다가 사라지는 불꽃놀이가 아닙니다.

많은 작가지망생이 습작의 모니터를 부탁하면서 묻는 말이 "저한테 재능이 있나요?"이다.

그들은 글을 향해 자신을 던지기 전에 스스로 재능이 있는지를 남에게 확인하고 싶어한다. 그러나 재능의 존재 유무는 올인하지 않으면 알 수 없는 것. 올인하지 않아도, 노력하지 않아도 자기가 재능이 있는 사람이었으면 좋겠다는 소망은 너무도 유아적인 소망이 아닌가. 나는 대답한다.

– 하고 싶은가? 하고 싶은 마음이 있다면 이미 당신에게는 재능이 있는 것이다.

재능이란 하고 싶은 마음이다. 하늘에서 영감이 내려오고, 볼펜만 잡아도 씬들이 춤을 추는 게 재능이 아니다. 하고 싶어서, 쓰고 싶어서 그 과정의 고통을 견디어 내는 것이 재능이다. 노희경 작가가 특강에서 이렇게 말했다. 작가 지망생들이 정작 쓰는 것은 제일 싫어한다고. 숙제를 내주면 너무 많다고 생각하고 쓰는 일이 무서워 도망가고… 그래서야 어떻게 작가가 될 수 있겠는가. 작가란 글 쓰는 일을 사랑하는 사람들이다.

― 짝사랑이더라도 헌신적이기만 하다면 사랑은 이루어질 것입니다. 희망 없이 사랑하라는 말도 있습니다. 사랑하는 그 순간의 열정, 그것만이 진실이라는 말도 있습니다. 아무리 힘들고 견디기 어려운 좌절이 연속해 오더라도 실패의 문턱에 걸려 번번이 넘어지더라도 자기 재능에 대한 순수한 사랑은 변하지 않을 것입니다. 만화가 윤태호는 지금은 한국만화의 버팀목이라는 찬사를 받고 있지만 몇 년 전까지만 해도 노숙을 밥 먹듯 했던 가난한 만화가 지망생이었습니다. 라면 하나로 하루를 견뎌야 했던 그 숱한 나날들은 생각할수록 비참해 보입니다. 연재 지면을 간신히 얻고 나면 잡지가 망해버리는 일이 한두 번이 아니었습니다. 만화를 사랑하지 않았다면, 그것도 희망 없이 사랑하지 않았다면 허영만 화백마저 배울 것이 있다고 극찬했던 만화가 윤태호는 존재하지 않았을 것입니다. (윤승일)

작가가 된 다음에 오는 영광을 갖고 싶을 뿐 과정의 고통을 즐길 수 없다면 결코 작가가 될 수 없다. 쓰는 일 자체를 순수하게 즐기면서 사람에 대해, 세상에 대해, 나 자신에 대해, 그리고 우리 모두의 화두인 사랑에 대해 끝없이 고민하고 나누며 공감을 선사하는 사람. 그것이 작가다.

사랑하라.

희망 없이 사랑하라.

그것이 결국 희망이다.

나쁜 사람

서강대학교 방송작가 아카데미 8기 라디오 기초반 윤은주

드디어 처녀작을 완성하고 합평회를 하는 날이다. 작품 평가를 앞둔 사람의 심정을 사형수의 그것에 빗대어 합평회 날에 앉게 되는 의자를 일명 전기의자라고 한다는데 정말 손에서 진땀이 나고 어디 숨을 곳이라도 있으면 쥐구멍에라도 들어가고 싶은 심정이 되었다. 여러 사람의 비평과 조언을 구하는 진지함과 겸손함의 자세가 부족해서가 아니었다. 작품을 통하여 나는 내가 착각하며 가리고 있었던 진짜 모습을 보게 되었고, 그 실체가 너무나 부끄러웠다.

선생님은 글을 쓰는 이에게 처녀작은 매우 중요한 의미를 지닌다고 말씀하셨다. 처음에 어떤 이야기를 써야 할지 갈피를 잡지 못하자 작가가 되려고 마음먹은 처음 동기, 본인의 가장 큰 아픔에서 출발하라고 힌트를 주셨는데 그래서 내 첫 작품의 소재는 다른 누구의 것이 아닌 내 어린 시절 이야기가 되었다. 내 아픔은 지나치게 나만의 것이라 공감을 얻어내지 못할지도 모르고 공감을 얻어낼 정도로 잘 형상화할 자신도 없었기에 처음에는 겁이 더럭 났다. 그러나 내 아픔이 순전히 나만의 것일지라도 누군가 단 한 사람의 이해라도 불러일으킬 수 있다면 성공이라고 생각하면서 부모에게 상처받은 한 아이의 성장기를 단막극화하기 시작했다.

과거의 상처를 되짚으며 작품을 만드는 일은 괴로운 경험이었지만 이야기의 내용이 나의 상처였고 나의 치유였기 때문에 스스로가 살아온 모양이 그리 나쁘지만은 않다는 깨달음도 얻었고 글쓰기를 통하여 진정한 나 자신에 이를 수 있겠다는 믿음도 생기기 시작했다.

그런데 합평회가 시작되면서 다른 동기들이 캐릭터 분석을 하기 시작하자 내가 모르고 있었던 이기적인 모습을 적나라하게 가지고 있는 주인공 그 아이가 보였다. 보지 말아야 할 내 진면목을 본 기분이었고, 너무나 부끄러워서 크게 충격을 받았다. 변명을 하자면 작품 속 그 아이의 대사와 행동은 나와 분명히 다른 면이 있다. 그 상황에서 내가 하지 못했던 말과 행동을 그 아이를 통해서 분출했기 때문이다. 그러나 엄밀히 말해 그 반대의 모습도 내 모습이었다는 것이 정직한 고백이다.

선생님은 좋은 사람이 좋은 글을 쓸 수 있다고 한다. 바른 가치관을 가지고 있지 않은 작가의 글이 바를 수가 없다고. 아픔을 겪지 않고 자란 사람이 어디 있으며, 상처가 없는 영혼이 어디 있을까? 보통의 착한 사람들은 그러함에도 불구하고 세상을, 사람을 더 이해하고 사랑하는 것이다.

나의 주인공 아이에게는 자기가 받은 아픔과 상처가 크다는 원망과 분노만 강했다. 그래서 투정하고 불평하느라 정말 귀하고 소중한 것들은 간과하고 있었다. 그 아이는 분명 커다란 아픔을 겪고 깊은 상처를 입었지만 그 아픔과 상처로부터 한 발자국 더 나아가 자신에게 주어진 정말 귀하고 소중한 가치들에 도달해야 했다는 것을 나는 똑똑히 보게 되었다.

그 가치란 그 아이를 태어나게 하고. 그 아이를 감싸고 있는 가족이라는 끈이다. 아픔과 상처가 전부는 아니었던 것이다. 그 아이는 사실 상처보다 큰 사랑을 받아 왔고 지금도 받고 있다. 상처를 준 부모가 나쁘고 그런 부모를 준 세상이 나쁜 것이 아니라 나만이 옳다고 생각한 스스로가 나쁜 사람이었다.

사람들이, 친구들이, 가족들이 생각났다. 그 얼굴들이 하나씩 하나씩 차례로 떠올랐다. 내가 그들을 참았던 것이 아니라, 그들이 나를 참고 견디며 기다리고 있는 것이었다. 못되고 이기적인 나를 질책하지 않으며, 그럴 수 있다고 너그러이 이해해주면서 말이다. 그들은 나를 사랑했고, 지금도 사랑하고 있는데 그 사실을 혼자만 모르고 있었던 것이다.

합평회를 마치고 집으로 오는 차 안에서 뜨거운 참회의 눈물이 멈추지 않았다. 두 뺨에 계속해서 흐르고 흘렀다. 갈 길이 멀구나, 어떻게 해야 하나, 어떻게 살아야 하나, 어떻게 써야 하나... 나 같이 못된 인간은 글을 쓸 자격이 없는 게 아닌가.

엄마를 생각했다. '엄마'라고 다정하게 부르고 다정하게 안기어 본 기억이 없다. 전화를 했다.
"엄마! 내가 나쁜 애였어."

아무 대답이 없는 엄마, 내 엄마. 나도 울었고 엄마도 울었다.

방송작가 아카데미에 드라마 쓰는 법을 배우러 왔을 뿐인데 단막극 한 편 쓰면서 뿌리째 흔들리고 이렇게 절실한 깨달음을 얻게 된다.

나는 믿고 싶다. 결국 나는 예쁘고 착한 드라마를 쓰게 될 것이고, 속이 아름다운 사람이 될 것이라고...

조현경 선생님께 감사드린다. 책 내심을 축하드리고 귀한 지면의 할애와 아카데미의 식구들이 후일에 큰 연대를 이루어 글 쓰는 일로서 사회에 재능을 기부하자는 멋진 꿈에 동참할 수 있게 해 주심을 진심으로 감사드린다.

불씨

서강대학교 방송작가 아카데미 8기 라디오 작가반 한수경

언제부터인가 원인 모를 발진이 얼굴을 뒤덮었다. 처음엔 그저 한두 개의 뾰루지 같은 것이었는데 어느 순간 얼굴 전체를 덮어버렸다. 여자애 얼굴이 어떻고 저떻고... 그런 고민은 사치였다. 발진에서 오는 통증이 너무 심해서 얼굴 모양이 어떤지는 생각할 겨를조차 없었다.

병원을 전전하며 온갖 검사를 다 해봤지만 원인을 찾을 수가 없었다. 원인을 찾을 수 없으니 치료도 제대로 할 수 없었다. 결국 고칠 수 없다는 진단만 돌아왔다.

절망의 나날이 이어지는 가운데 누군가 말을 걸면 제대로 못 알아듣고 한 번 더 물어보는 일이 잦아졌다. 성질 더러운 남자 상사가 답답한 나머지 냅다 소리를 질러댄다. 놀라서 그 길로 병원에 가보았다. 의사가 혀를 내두른다. 의사소통이 가능한 상태가 아니라고.

나는 아무 문제 없었는데, 나는 아직 생생한 나이의 젊은이인데, 청력은 노인의 수준이란다. 역시 온갖 검사를 다했지만 원인을 찾을 수 없었다. 이번에도 결국 고칠 수 없다는 포기 어린 진단만 돌아왔다.

현대의학으로는 고칠 수 없다 하여 한방이며 온갖 민간요법들을 찾아보다가 공통의 원인 하나를 발견하기는 했다.

화(火).

내부 장기에 열이 많으면 몸이 반응한다고 한다. 특히 신장에 열이 많으면 얼굴에 열꽃도 피고 청력이 떨어진단다. 그러나 검사결과 신장에 이상은 없었다. 나의 몸 알 수 없는 어딘가에서 열심히 타오르고 있는 이 열은 무엇인가. 사랑인가? 상처인가?

어디서부터 무엇이 잘못된 것일까, 지나온 삶을 차근차근 짚어보다가 그만둔다. 그러기엔 너무 많이 지쳐 있었다. 화를 품고 여기까지 오는 데만도 갖고 있는 에너지를 다 소비했기에.

나에게 화를 낸 사람들의 잘못일까? 작은 화를 품고 얼굴을 망치고 귀가 먹을 만큼 이렇게 큰불을 만든 내 잘못이 더 큰 걸까. 불씨를 누가 제공했는지는 이제 중요하지 않다. 불씨의 근원을 찾아 빨리 끌 수 있어야 할 텐데 도무지 찾아낼 길이 없다. 그것이 열정의 불씨였다면 뭔가를 이뤄낼 수도 있었을 텐데... 무엇이든 좋은 밭에 심어져야 열매가 있는 법인가 보다.

병원에서 찾아내지 못한 내 병의 근원을 다스리기 위해, 내가 알지 못하는 곳에서 타오르고 있는 화의 근원을 찾아내기 위해 나는 글쓰기를 시작했다. 아직은 갈 길이 멀다. 때로는 영원히 그곳에 도달하지 못할 것 같아 막막한 두려움에 사로잡히기도 한다. 그러나 분명한 것은 나에게 목표가 생겼다는 것이다. 아직 꿈을 이루지 못하였으나 감히 꿈을 품었다는 것만으로도 벅찬 이 시절. 병아리 작가 지망생에게도 봄은 온다.

후기 콘텐츠 코디네이터 /**윤은주**

새벽 네 시에 일어나서 다섯 시 첫차를 타면 아침 아홉 시에 서울에 도착한다. 전철을 타기 위해 터미널에서 나오면, 바쁘게 움직이는 많은 사람들이 한눈에 들어온다. 빼곡히 솟은 건물들 사이로 회색 하늘을 본다. 깊게 호흡을 가다듬고 도시 속으로 들어간다. 너무나 낯선 도시, 서울. 서울은 무엇일까? 괴물인가? 얽히고설킨 욕망의 집합체인가? 불안하다. 조급해진다. 뭔가 빨리해야 할 것 같고, 어딘가로 바삐 가야 할 것 같다.

육 개월 동안 일주일에 한 번 서울에 와서 오전에는 현대사회비판이라는 제목의 철학 강의를 듣고 오후에는 방송작가아카데미 수업을 들었다. 현대 사회를 돌아보자는 철학 강의와 현대 사회의 중심에 있는 방송이라는 장르를 통해, 또 이 두 강의를 함께하는 사람들을 통해 서울을 이해한다.

사람들은 저마다 자기만의 선한 의지를 가지고 자기 앞의 생을 살며 도시를 이루고 있다. 삶이란 오해와 편견을 없애가는 과정이라고 믿고 싶다. 더디게,

천천히 가더라도 제대로 가고 싶다.

후기 콘텐츠 코디네이터 /**한수경**

시작이 설레었던 적이 있습니다. 뭐든 잘할 수 있을 것 같았고, 앞으로 다 잘될 것만 같았습니다. 그런데 살면서 많은 것들을 경험하고 겪어내면서, 시작해야 하는 순간이 많아질수록 두려워졌지요. 그러나 어른이 된 사람들은 그 두려움을 뛰어넘어, 적어도 용기를 낸 사람들이더군요. 아무나 어른이 되는 건 아닌가 봅니다.

글을 쓰기 위해 출발한 이 시작에 두려움은 없었습니다. 마음에 담긴 것들을 풀어내기 위해서였지, 작가가 되려고 한 것은 아니었으니까요. 용기를 내어 내디딘 걸음은 어느덧 출발선 앞에 서 있습니다. 여기까지 와보니 처음에도 없던 두려움이 차오릅니다. 우리가 정말 사랑하는 사람을 만나는 것은 정말 하고 싶은 일을 찾는 것과 같다지요? 제가 만난 이 사랑이 무모하다 해도, 바닷속처럼 두려운 일일지라도 그 끝이 어디인지 한번 가보고 싶은 마음이 생겼습니다. 행여 가다가 넘어질지라도, 괜찮습니다. 배우면서 생겨난 용기와 믿음이 자라나고 있으니, 그것들이 살아 있는 한 포기란 건 없을 테니까요.

참 행복합니다. 세상의 모든 것을 다 사랑할 수 있을 것처럼.